置かれた場所で あばれたい

潮井エムコ

朝日新聞出版

はじめに

学生結婚と子育て

生来の怠け者である私にとって、大嫌いな数学や英語、古典といった勉強から逃れられる副教科は、学校生活において最高の気分転換だった。

高校は芸術を専門に勉強するコースに進学したので、副教科のほとんどは美術で占められていた。そのため、高校3年生にしてようやく始まった家庭科の授業は、私たちにとっては新鮮そのものであり、クラス中が楽しみにしていた。

家庭科の先生は笑顔のかわいい温和な女性で、私は彼女のことをすぐ好きになった。

家庭科室に集められた私たちに先生は言った。

「今からみなさんには結婚をしてもらいます」

みなが口を開けぽかんとしている様子を楽しみながら彼女は続けた。

「クラスでこの人とならば添い遂げられる、という人を見つけパートナーになってください。パートナーが見つかったら私のところに来てください」

思春期真っ只中の我々になんということを言い出すのだこの人は。通常ならキャーと黄色い声を上げ、誰と結婚しようかという話題で色めき立つところだろうが、私のクラスは9割が女子だったので、各自パートナーはすんなりと見つかった。

私の相手は同じ陶芸部の女友だちだった。名をマミとする。マミは頭脳明《めい》晰《せき》で私情に流されない冷静な女で、部活では先生と部員の満場一致で部長に任命されるほど、周囲からの信頼も厚かった。

夫婦とは足りない力を補い合うもの。脳みそで思考する前に行動に移してしまう衝動性の塊のような私のパートナーは彼女しかいないと狙いを定めた。

私にとってしっかり者のマミとの結婚はウハウハのメリットしかないが、私の役立たずっぷりを誰よりもわかっている彼女からすれば、地獄への階段を駆け降りるようなものである。マミはすこぶる嫌そうな表情を浮かべたが、私の片膝をついた渾身《こんしん》のプロポーズに折れ結婚してくれることになった。押せばなんとかなるものである。

パートナーになった私たちが先生のところに報告に行くと、一枚の紙をもらった。婚姻届だ。コピーとはいえ初めて見るそれに私たちは目を合わせて唾を飲んだ。各々の欄を埋め、友人から証人の署名をもらい再度提出せよと言い渡された私たちは、婚姻届を手に席に戻った。

手に取ったボールペンが重く感じる。きっと結婚するという社会的な責任の重圧がそうさせるのだろう。共通の友人しかいない教室を見渡し、たまたま近くにいた子たちに証人をお願いした。「幸せになれよ」という言葉とともにもらったサインによって完成した婚姻届は、偽物だが感無量であった。

隣に座るマミに目をやる。『配偶者の頼りなさに不安でいっぱいです』とでも言いたげな彼女の横顔を見ながら、こんな私についてきてくれるんだから、私がこの子を幸せにするんだという気持ちが芽生えた。

婚姻届に隅々まで目を通した先生は我々の結婚を承認してくれた。

「おめでとう、そしてこれはあなたたちの子よ」

次に先生から差し出されたのは、油性ペンで顔が描かれた卵だった。

「元気な男の子ですよ」

いいえ先生これは生卵です、と言いかけたが真剣な彼女の表情に口をつぐんだ。

「今度はこの子に名前をつけて、あなたたち夫婦の子として面倒を見るのです。これから2週間、二人で分担しながらその子を傷つけずに毎日家に持ち帰り、登校してきたら家庭科室に置いてください」

なるほど、この生卵を我が子とし、擬似子育て体験をさせようというのだ。

私たちが受け取ったちいさな命は、精悍《せいかん》な目元と一文字に結んだ口が実に愛らしい。名を「大介《だいすけ》」と決めた。

周りを見れば、みな手に持つ卵の性別や顔つきが違う。しかしどの夫婦も渡された卵を慈愛に満ちた目で見つめていた。性別や顔は選べなくとも、愛する人と一緒に我が子として手に抱けば、それは間違いなく世界一愛しい我が子なのである。

そんなこんなで私とマミと大介の三人家族の生活が始まった。大介には牛乳パックに綿を詰めた特製のベッドを作った。ふわふわの綿に埋もれ、大介も心なしか嬉しそうに見えた。

話し合いの末、家に大介を連れて帰り登校時に家庭科室に預けるのはマミ。下校時にお迎えに行ってマミに手渡すのは私の仕事と決まった。放課後、先生に言われた通り家庭科室へ向かうと、入り口の隣の棚の上に大きなカゴが置かれていた。カゴには「〇〇保育園」と貼り紙がしてある。どうやらこれが保育園の代わりらしい。カゴの隣のノートには、朝の送りを担当した人が、子どもの名前と何か一言コメントを書くことになっていた。興味本位でノートをのぞき込むと、『昨日もいい子でした』『特に何もありません』と当たり障りのないことを書いている子もいれば、『昨日は夜泣きがひどくて大変でした』といった空想上の苦労を綴《つづ》っている者もいた。そんなアホな、と茶化したい気持ちが微塵《みじん》も湧き上がらないことに我ながら驚く。大介をただの卵ではないと認識し始めている紛れもない証拠なのだろう。

学校の端の端にある家庭科室は私たちの教室からバカみたいに遠く、一日の終わりに足を運ぶのは正直なところ面倒極まりなかったが、大介が私を待っていると思うと不思議と足取りは軽くなっていた。家庭科室の前で迎えを待つたくさんの卵たちの中から大介を見つけると、大介の表情がパッとほころんだような気がして、ますます愛おしさが込み上げた。

3日が経った。大介は私たちの生活になくてはならない存在になっていた。授業が終わり、部室に大介を連れ帰ってきた私は送り担当のマミに手渡す前に「ちょっと大介の顔を見せとくれ」とせがんでは、彼の変わらぬ微笑《ほほえ》みに癒された。

だが幸せな生活は突然終わりを迎えることとなる。

マミから大介を受け取ろうとした私は手を滑らせ、牛乳パックごと地面に落としてしまった。バシャ、と声のない悲鳴が聞こえた。

「大介！」

私が牛乳パックを退《ど》けると、彼が手遅れなのは一目でわかった。取り乱したマミの、大介の安否を尋ねる声が聞こえる。私は「見ないほうがいい」とだけ告げ、大介だったものを手に取り泣いた。

1週間が経ち、私たちは再び家庭科室に集められた。クラスの20組近い夫婦のうち、我が子を守り抜いたカップルは半数を切っていた。

先生は言う。

「子育てというものはみんなの想像を絶するほど大変です。どんなに気をつけても事故や怪我《けが》が起きる。みんなのご家族もそうやって神経をすり減らしながら、あなたたちを育ててきたんですよ」

我が子を自分の不注意で亡くしてしまった私は、先生の言わんとすることが痛いほどわかった。

「先生」

我が子を守り抜いた友人が手を挙げた。

「これからこの子たちはどうなるんですか」

我が子をぎゅっと抱き締めながら彼女は尋ねた。

「ホットケーキにして食べましょう」

笑顔で返す先生にクラスの全員が言葉を失った。地獄の調理実習のスタートである。守り抜いた者たちは嫌だ嫌だと涙を流しながら我が子を割り、失った者たちは先生に新しい生卵をもらってそれぞれホットケーキを作った。

もうこの世にいない大介を偲《しの》びながら食べたホットケーキは、甘くてちょっぴりほろ苦かった。忘れられない青春の思い出である。

思い返せば私の10代までの思い出は、この時のホットケーキのように、一口では語ることのできない不調和な刺激で満ちていたかもしれない。

もくじ

はじめに

学生結婚と子育て …… 1

夏休みの宿題 …… 14

教室に響く銃声 …… 20

先生との契約 …… 24

やさしい裏切り …… 32

200円の使い道 …… 39

私はゴリラ …… 46

庭木のピアノ …… 51

巫女《みこ》のアルバイト …… 61

成人の日 …… 71

名前の由来 …… 80

祖父への質問 …… 84

母の教育方針 …… 89

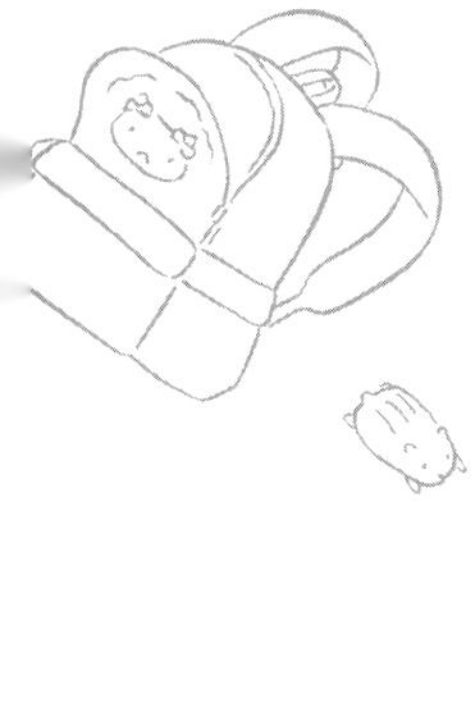

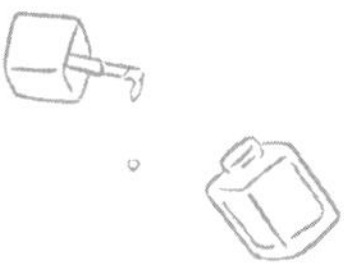

4歳の家出……99
捨て子の生き延び方……106
実らぬ恋……116
パステルブルーの指先……121
結婚式に来なかった姉……128
結婚式の招待状……134
せんせいって、だれのこと……144
うんちソムリエ……151
姉からの鉄槌《てっつい》……156
いい夫婦……162
義父とメダカ……166
走れ！　たとえ痴女と思われようとも……174
4月のママチャリロードレース……180
ひろみちおにいさんといっしょ……192
あとがき……199

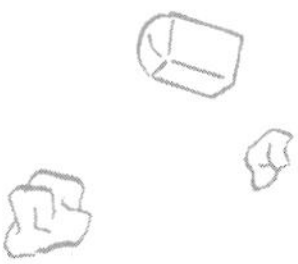

ブックデザイン　脇田あすか
イ ラ ス ト　大津萌乃

置かれた場所であばれたい

潮井エムコ

夏休みの宿題

「夏休みの宿題は最初に全部終わらせる派でしたか？　それとも最後にまとめて終わらせるタイプでしたか？」

職場で上司との雑談中にこんな質問を投げかけられ「そういえば」と自分の幼少期を振り返った。

小学生時代の私は間違いなく後者であった。毎年8月末は母の血走った視線を背中に受け、ヒィヒィ言いながら机に向き合い、なんとか提出していたのを覚えている。

一番難儀だったのは読書感想文だ。絵本と漫画は大好きだったが、絵よりも字の割合が多い小説などは頭に入ってこず、内容の面白さよりも疲れが勝るので毛嫌いしていた。読書の習慣がない私が、小学生のうちに読んだ中で最も難しいものは『DEATH《デス》 NOTE《ノート》』だと断言してよいだろう。

仮に本を読んだとて感想は「難しかった」か「面白かった」のどちらかしかないので、400字詰めの原稿用紙を3枚埋めるなんてことはとうてい無理な話である。私はこれを切り抜けるために知恵を絞り、決して褒められはしない必勝法を編み出した。まず重要なのが作品選びだ。とにかくタイトルの長さだけに焦点を当て、本を選ぶ。登場人物たちの名前も長ければ長いほどよい。本末転倒だが本を読むのが面倒なので、読まなくても済むようにアニメや映画といった映像作品になっているものがベストだ。私はこれらの条件を満たすとある作品にたどりつき、数学年にわたって世話になった。

それは世界中でベストセラーになっているJ・K・ローリング著の「ハリー・ポッター」シリーズだった。姉がファンだったので本は家にあったし、映画を観に行くのにも付き合っていたので物語の概要も知っていて好都合だった。

まずタイトルからして最高にイカしている。『ハリー・ポッターと賢者の石』これだけで13文字である。そして物語を彩るハリー・ポッターにロン・ウィーズリー、ハーマイオニー・グレンジャーなど平均10文字前後の名前の登場人物たち。彼らの名前をこれでもかと繰り出しながらあらすじをまとめるだけで、真っ白な紙はあっという間に文字で埋まっていった。最後に感想をチョロリと足せば、内容は薄いが表向きにはびっちり書き込んだ原稿用紙の出来上がりだ。宿題は出さぬ者が最も罪深く、たとえ出来損ないでも〝提出した〟という一点で私は何度も先生のお叱りを回避することができた。

しかしこんなやり方が通用するのは義務教育までである。おかげさまで私の学力は低空飛行を続け、通知表には「がんばりましょう」の文字と夥《おびただ》しい数の2が並んだ。

因果応報という言葉通り、そんな悪行のツケたちは高校受験を控えた中学3年生の時にキャリーオーバーとなって我が身に返ってきた。志望校は軒並みD判定の合格圏外。私の成績にこれ以上の向上は見込めないと匙《さじ》を投げた担任から「潮井さんに向いてる高校があるんだけど……」と提案されたのが、例の芸術を専門に学ぶコースのある高校だった。

同じ勉強をするにしても、つまらない学科よりは絵を描くほうが楽しそうだ、とそれまでの志望校は全て捨て、受験校をその高校一本に絞ることにした。

周りの友だちが参考書を片手に机に齧《かじ》りつく中、中学3年生の冬の全てをデッサンに捧《ささ》げた。この間通常の受験勉強は一切していなかったので、まさに捨て身の大博打《ばくち》である。真っ黒になっていくスケッチブックの山が、当時の私の必死さを物語っていた。そして私の内申点をかき集めた担任がもぎ取ってくれた推薦枠で受験に臨み、結果は合格。私は無事に高校生として春を迎えることができた。

しかし、高校入試を学力外の力でパスしてしまったもんだから、その後は更に苦しむことになる。評価が悪ければ留年。進級も卒業もできない高校は、義務教育のように甘くはない。

高校に入学してから、夏休みの宿題で私が一番手を焼いたのは数学だった。数学は考えても一人では解けないのだから解答欄を埋めようがない。課された分厚い問題集を開いては閉じ、開いてはまた閉じを繰り返すうちにあっという間に8月末を迎えた。友だちに答えを写させてもらったとて、先生も私の力でこんなに難しい問題が解けるとは思っていまい。しかし新品同様の問題集を「わかりませんでした」と提出するのは、あまりにも礼儀がなっていないだろう。

そこで悪知恵が働くのが、長年怠け者の称号を我がものにしてきた私のキャリアの成せる業《わざ》である。私はポテトチップスの袋を開け、その油分を指につけて問題集の表紙に優しく押し当てていった。それから濡らした手で表紙に自然な皺《しわ》を寄せ、いかにも〝食卓で毎日開きました〟と言わんばかりの生活感ある汚れを演出した。

あとは中身である。太さと濃さの違う鉛筆やシャープペンシルを何本も用意し、ページごとに違うものを使いながら日付を書いていく。解答欄に適当な数字を書いて消しゴムでうっすら消す、を繰り返し行うことで〝何度か考えたけどわからなかった〟という形跡を残す。また適当なページの角を折ったり、ページ数に意味のない丸をつけたりと〝自分なりに目標を立てて取り組んだ〟ことをうかがわせるギミックを施した。

新品同様だった問題集は匠の工作によって30日間毎日使用したと言っても遜色のないくたびれっぷりに変貌を遂げた。思わず自分の才能に拍手を送りたくなるような、会心の出来だった。ポテトチップスをこんな形で活用するとは、あの超人的な頭脳を誇る夜神月《やがみらいと》でも思いつくまい。誰が見ても間違いなく「解答らしい解答はないが努力だけは伝わるな」と感じる逸品である。あとは素知らぬ顔で提出して、もし怒られた暁には床に額を擦《こす》りつけて陳謝すればよい。今思えばこの行いを先生から咎《とが》められた記憶はないのだが、それは怒りよりも呆《あき》れが勝っていたからだろうと勝手に推察する。申し訳ない。

こうして私は夏休みの宿題の数々を乗り切って今日に至り、見事にロクでもない大人に仕上がった。

あの時サボる情熱を勉強に向けていたらどんなに賢く育ったかと思うと、全く情けないとしか言いようのない話である。

教室に響く銃声

ツイてない日はことごとく不運が重なる。

その日は午前中の体育で馬車馬のごとく走らされ、腹の虫が大合唱していたので、高校の学食の中でも一番ボリュームがある、日替わり定食を注文しようと決めていた。米にみそ汁、メインのおかずにデザートまでついてくる日替わり定食は、食べ盛りの高校生にとってそれはそれは嬉《うれ》しいメニューだった。

学食は我が母校の誇りと言っても過言ではない。ほとんどのメニューが500円以下にもかかわらず、ボリューム満点で非常においしい。午前中クタクタになった学生たちも、昼ご飯の時間になれば学食のおばちゃんたちの愛情たっぷりの料理に心も体も満たされ、丸々とした腹を撫《な》でながら食堂をあとにするのであった。

定食は品数が多いため提供に時間がかかる。体育のあとで着替えに時間を取られた私は完全に出遅れてしまった。長い列の最後尾に並び、腹の虫たちの機嫌を取りながら自分の番を待つ。

ようやく順番がきたのは、次の授業が始まる20分前だった。一刻も早く食べねばと焦っていると、深刻な顔をした食堂のおばちゃんが「ごめんねぇ、今日みそ汁がもうなくなっちゃったの」と申し訳なさそうに定食のお盆を差し出してきた。

なんだそんなことか。「いいよ！　みそ汁くらい！」、どうせ時間ないしと続けようとした私の言葉を遮り、おばちゃんはとんでもない代替案をかましてきた。

「だからね、みそ汁の代わりにうどん作ったから！　それで勘弁してちょうだい！」

そう言ってお盆にドーンと載せられた一人前のうどんを見た私は、引き攣《つ》った顔で「ワーイ、オバチャンアリガトウ」と呟《つぶや》くしかなかった。

こうして私は米とうどんというダブル炭水化物のとんかつ定食を食べるハメになった。いくら女子高生にしては食べるほうの私でも、みそ汁の代わりにうどん一杯はなかなかしんどいものがある。いつもなら嬉しいおばちゃんのサービス精神が憎い。

授業開始へのリミットは刻々と近づいている。別のメニューを食べていた同級生たちはすでに完食し、次の授業に向けて席を立とうとしていた。

頼む私を置いていかないでくれ、クラスメイトの背中を視線で追いながら定食をかき込み、デザートの杏仁豆腐に至ってはほぼ丸呑《の》みでどうにか完食した。

授業にはなんとか間に合ったが、胃の中では米とうどんとかつと杏仁豆腐がチークダンスを踊っており、すこぶる気分が悪い。それに拍車をかけるかのように、次の授業は私と最も相性の悪い数学だった。微分積分がブンブンと教室を飛び交う中、私は気絶するかのように眠りに落ちた。

何分経っただろうか。

突然「パン!」という鋭い銃声が聞こえ、私は叫び声を上げながら目を覚ました。

左腹部に衝撃が走る。私は撃たれたのだ。

ウゥ、と呻《うめ》き声を上げて衝撃の走った左腹部を押さえる。私を撃った何者かが、どこかにいる。みんなは大丈夫だろうか、寝ぼけ眼《まなこ》をこじ開け周囲を見渡すとまぬけな顔をしたクラスメイトと目が合った。

「おい、お前、大丈夫か」

大丈夫なわけがあるものか、私は撃たれたのだ。

状況がつかめず狼狽《うろた》えている私にクラスメイトは小さな金具を差し出した。弾丸と思われたそれは、私の制服のスカートのホックだった。

ダブル炭水化物でパンパンに膨れた腹がスカートのウエストを圧迫し、頑丈に縫われていたはずの金具を弾き飛ばしたのだ。先の衝撃音が私のスカートのホックが弾けた音だとわかるや否や、クラスメイトたちは私を指さして笑った。

「そのスカートをどうにかしてきなさい」と数学の先生に言いつけられた私は教室を出てトイレで体操服のズボンに穿《は》き替えた。上はブレザー、下は短パンという最高に情けない出立《いでた》ちであるが致し方ない。その後半日をこのスタイルで過ごしたため、すれ違う顔も知らない生徒たちから後ろ指をさされ、生徒指導の先生に見つかるたびにこっぴどく叱られるという散々な目に遭った。

もう二度とこんな失態は犯すまい、そう誓った私は小さな裁縫セットをカバンの中に入れることにした。これでまた同じことが起きても安心だ、と私はその後も懲りることなく、居眠りに勤《いそ》しんだのだった。

先生との契約

高校2年生の期末テストの勉強期間に差しかかろうという時期。私はいつもの通り数学という学問に絶望していた。筋金入りの勉強嫌いでクラス中にその名を馳《は》せていた私だが、なかでも数学が一番苦手だった。数学どころか算数さえまともにできない。小学2年生で出会った九九をなんとか乗り越えたかと思ったら、その後出てきた分数という概念に心をポッキポキにへし折られた。xだのyだの$\sqrt{}$だのといったわけのわからん記号を使って算数を更に小難しくした学問を修めようなんて行為は、こちらから願い下げだとさえ思っていた。

「ホールケーキとハーゲンダッツがもらえるなら私だって頑張るのに！」

齢《よわい》16にもなったというのに、小学生のような文句としょうもない駄々を延々とこねくり回す私。冗談半分、本音半分の発言だったが、それを聞いていた数Ⅱのサクラギ先生がポロッと呟いた。

「潮井が本気なら考えてやらんこともないぞ」

「本当ですか!?」

先生の一言を耳にした私は光の速さで飛びついた。きっと先生もうっかり口にしただけだったに違いないが、一言一句聞き逃さなかった私はそのまま畳みかけた。

「何点取ったらホールケーキを買ってくれるんですか？」

「そうだなぁ、80点以上取ったら買ってやろうかな」

先生にとって一銭の得にもならず理不尽極まりない条件の目標が100点じゃないとは、全く舐《な》められたものである。しかし私は以前、数Aのテストで1問もわからず、全ての解答欄に120と書いて提出。奇跡の1問正解で辛うじて3点を取り、職員室に呼び出された女だ。相手の余裕もわからんでもない。

本気の度合いをうかがうためにこんな提案をしてみた。

「ケーキは私だけじゃダメですよ。クラス全員分、締めて38個です。それでも約束してくれますか？」

あまりに舐め腐った条件に、さすがに「冗談に決まっとるだろ」と笑って流すと思ったが、反応は予想外のものだった。

「ああ、いいぞ。潮井が数学で80点以上取ったらクラス全員にホールケーキだな」

私は即座に、法螺貝《ほらがい》を吹き鳴らし敵陣に突撃する戦国武将のように教室内を駆け回った。授業終わりでくつろいでいたクラスメイトに、今あった出来事をあソレソレと言いふらすと、先生もまたとんでもない条件を呑んだな、とみな驚いていた。セコくがめつい私はその場でノートを破って契約書を書き、先生に差し出した。

【今回の期末考査で潮井が数学で80点以上を取った暁には、クラス全員に一つずつホールケーキを贈ることを誓います】

さぁ捺印《なついん》をば、と迫る私に先生は親指を突き出し、インクをつけて母印を押した。契約は成立だ。

どうせやるならご褒美は多いに越したことはない。ここぞとばかりにノリスケ以上カツオ未満の頭のキレを発揮した私は数Bのホンダ先生のもとにも足を運び、先ほどの契約書を見せた。

「数Ⅱのサクラギ先生はホールケーキを買ってくれるって約束してくれましたよぅ」

返事はまたしても意外なものだった。

「それなら俺はハーゲンダッツを買ってやろう」

拍子抜けなくらいのチョロさである。浮かれた私は慣れた手つきで契約書を作り、再び印鑑をもらうことに成功した。

そうと決まったからにはやるしかない。クラスメイトたちも私が80点を取りさえすれば自分たちの分までご褒美を買ってもらえるという条件に喜び、私の肩を力強く叩き応援してくれた。背水の陣とはまさにこのことである。

一人で勉強するには基礎学力がなさすぎた私は、フランキーというあだ名で同級生から母のように慕われている、数学が得意なクラスメイトに教えを乞うた。

フランキーのあだ名は、彼女の「中学生の頃は友だちからリリーと呼ばれていた」という自己紹介を聞いたクラスメイトの「中学でリリーだったんなら、高校ではフランキーだな」という、東京タワーもおでんくんもびっくりな提案により誕生した。馴《な》染《じ》みのあるあだ名がとんでもない連想ゲームによって改変されてしまったにもかかわらず、喜んでフランキーを自称するようになったというエピソードから、彼女の懐の深さがうかがい知れる。

「エムコならやればできるよ、頑張ろう」

そう言って微笑む彼女の聖母のような優しさが沁《し》みる。『絶対に彼女に勝利のケーキとハーゲンダッツを渡さねば』、そう胸に誓い、さっそく勉強に取りかかった。頭の悪い私でもわかるように一から説明してくれるフランキー。彼女の教え方は本当にわかりやすく、今まで一切わからなかった数学の世界の扉が開かれたような気がした。

放課後は毎日数学のテスト勉強に励んだ。

苦手意識がもりもりの数学に向き合う日々は想像以上にストレスが溜まる。思うように解けずにもうダメだと心が折れかけた時もフランキーは、

「絶対にできるよ」

と私を励ましてくれた。私がどんなにめげてもしょげても、フランキーは一切ネガティブな発言をせず、ただひたすら「できる」と言い続けてくれる。当の本人である私はまるで自信がないのに、フランキーのきっぱりとしたその言葉はどこから湧いて

くるのだろうと不思議で仕方なかった。

数学と向き合い続けて数日後。彼女が作ってくれたテスト対策の問題に初めて自分の力だけで正解した時は嬉しくて飛び上がった。自分で考え抜いて出した答えに赤い丸がつく喜びを、私は高校2年生で初めて知ったのだ。

クラスメイトたちも私に数学で負けたら人としての尊厳を失うと言わんばかりに、いつにも増して勉強に気合いが入っていた。

そして迎えたテスト当日。教室の後ろの掲示板に貼り出された2枚の契約書が、風でヒラヒラと揺れながら私たちを見守っている。テストの目標だったはずのホールケーキとハーゲンダッツの約束が、この時には不思議とどうでもよくなっていた。私はクラスメイト、そして一番そばで応援してくれたフランキーの信頼を裏切るわけにはいかない。今まで教えてもらったことを全て答案用紙にぶつけた。

運命の数Ⅱの答案用紙の返却日。

「80点は取れとるよ！」

自信のほどを尋ねてきたクラスメイトにはそう答えたが、内心は気が気じゃなかった。

答案用紙の束を抱えたサクラギ先生が教室に入ってきた途端、教室は感じたことのない緊張に包まれた。先生が私を見つめるその表情は笑顔とも哀憫《あいびん》とも取れた。

次々とクラスメイトたちが答案用紙を受け取る。思ったよりも良い点数が取れていたと思われるみんなの喜びの声が上がる中、いよいよ私の名前が呼ばれた。

震える手で答案用紙を受け取り、その場で点数を確認する。バクバク跳ねる心臓の音だけが私の体の中に響いていた。

——73点。

80点には届かなかった。私は自分の不甲斐《ふがい》なさと教えてくれたフランキー、そして応援してくれたクラスメイトに申し訳なくて涙が滲《にじ》んだ。ショックで立ち尽くす私の姿を見たサクラギ先生は言った。

「いつも赤点かどうかだけ気にしてた潮井が73点も取って悔しがる日がくるとはなぁ。それだけでも私は今回、自分の財布を賭けた甲斐があったよ」

100点を目指していたフランキーは惜しくも届かず99点だったが、クラスの平均点は70点超えと今までにない高得点だった。楽しみにしていたケーキとアイスがおじゃんになってしまったというのに、フランキーをはじめクラスメイトは誰も私を責めなかった。

私は頑張ったご褒美が欲しいという不純すぎる動機でテストに臨んだ愚か者である。先生はそんな私に努力するきっかけをくれ、フランキーは最後まで私ならできると信じて言葉をかけてくれた。根拠なんてまるでないが、それでもその言葉のおかげで突き動かされた私は、目には見えない強い力の存在を信じざるを得なくなったのだ。

自分に寄せられた他者からの信頼を心から感じられた時、人は変わることができるのかもしれない。

目標には届かずケーキやハーゲンダッツは手に入らなかったが、私は何にも代え難い経験を得ることができたのだった。

自信がない時や厳しい壁にぶつかった時、新しい何かに挑戦する時。あの時のフランキーの「エムコならできるよ」の一言が、今でも私に勇気をくれる。

やさしい裏切り

家庭科の授業ではいつも先生に驚かされる。

その日も私たちは週に一度の楽しみとして家庭科室へやってきた。参加型の授業が多い先生だったため、座学は久々だった。今日は何をするんだろうと期待に胸を膨らませながら筆記用具を手に席につくと、先生は言った。

「今から小テストを始めます」

先生のその一言は、これから始まる楽しい時間の終わりを宣言したのも同然だった。

テストは我々学生にとって、その名前を聞いただけで条件反射で嫌悪感を抱いてしまう存在である。筆記用具のみを持ってこさせたのはこのためか、と授業を楽しみにしていた私は深いため息をついた。

裏返しで回ってきたプリントをお通夜のような気分で後ろに回し、テストが始まるのを待つ。

「今から行うのは指示遂行テストです。しっかり問題をよく読んで、その通りに行動してくださいね。しっかりと、よく読むのですよ。制限時間は3分です。始めてください」

あまりに短すぎる制限時間を宣告され焦りながらプリントをめくる。A4サイズのその用紙にはびっしりと、1から20まで設問が並んでいた。3分間で終わるわけがないと絶望しながら私は慌てて鉛筆を握り、テストを始めた。

【1・まず始める前に、以下の指示を全部注意深く読んでください。】

もちろんである。問題をしっかり読まなくては答えなど書けるわけがない。私はすぐに次の問に目を移した。

【2・右上の氏名欄にあなたの氏名をきちんと漢字で書いてください。】

テストでは名前が未記入だと0点になるのは常識だ。わざわざ注意を促すとはなんて親切な先生だろうか。

【3・1の文章のうち、「全部」という文字を丸で囲んでください。】

問3まで進んだのに指示の通り問1に視線を戻す。なんだ、全部という字は一つしかないじゃないか。私は大きな丸でそれを囲った。

問の4、5、6は問3と同じような内容で、設問の文章にアンダーラインを引かせたり特定の文字を×印で消させたりといった奇妙なものが続いた。制限時間は残りどれくらいだろうか。クラスメイトのザッザッという鉛筆の音が私を急《せ》かす。

【7・自分の右手で左肩を2回叩いてください。】

急に毛色の変わる指示に驚いたが、私は鉛筆を置き右手で肩をポンポンと叩いた。私のあとに遅れてクラスメイトたちの鉛筆を置く音と肩を叩く音が教室に響く。みんなももう同じ問題までたどりついたようだ。

その後も耳を引っ張ったり、机を2回叩いたり、さっき書いた氏名にひらがなで振り仮名をつけたりと、なんの意味があるのかわからない問題が続いたが、私は完璧にこなした。

いよいよ15問目に差しかかる。

【15・そろそろ終わりに近づいてきました。大きな声で「私は指示通りにできている」と言ってください。】

この不自然な指示は一体なんだろうとは思いつつも、まだ誰の声も聞こえない。もしや私が一番乗りか、と気をよくした私は教室中に響く声で「私は指示通りにできている!」と叫んだ。遅れてクラスメイトたちの同様の声が響く中、先生が言った。

「残り10秒です」

まだあと5問もあるのにそんな。パニックになりながら次の問題を読もうとしたその時。

「はい。これで小テストは終わりです。答え合わせをするので隣の人と答案用紙を交換してください」

全部解くことはできなかったが、まぁまぁの点数は取れただろう。隣の子と答案用紙を交換してそれに目を落とすと、彼女は私よりも解けていなかった。私はまだマシなほうだったのだと安心した。

先生はニコニコと、この場の私たちとは不釣り合いな笑みを浮かべたまま言った。

「さぁ答え合わせです。氏名はきちんと書けていますか？　できた人は手を挙げてください」

私は元気な「はーい」の返事とともに手を挙げた。クラスメイトたちも自信たっぷりに手を挙げている。先生はニコニコと笑顔を絶やさないまま、手を挙げた私たちを一人ひとり見渡し、そして言った。

「今手を挙げている人はみんな騙《だま》された人です」

先生の予期せぬ発言にクラスの至るところから「えっ」と驚きの声が漏れた。

何を言っているんだ先生は。

「問19、20を読んでください」

困惑しながら最後の設問を読んだ私は、そこで初めて真実を知ることになる。

【19・さてあなたはこれまでの指示を読み終わったわけですが、1、19、20の番号の指示にだけ従って、その他の番号の指示は一切無視して従わないでください。】

【20・絶対に声を立てないでください。ここまで読んでしまっても、まだ書いている

フリをしておいてください。】

やられた。一本どころか百本ほど取られた気分である。

先生が「よく読んでね」と念を押していたのはこのことだったのか。よく周りを見ると、手を挙げていない生徒が数人いた。彼女たちは先生の言った通りに、「しっかりと問題をよく読んで」いたのだ。

元気よく手を挙げたお馬鹿さんたちは、人の話をまるで聞かない正真正銘のお馬鹿さんとなった。私たちはギャアと声にならない叫び声を上げた。

「世の中には人を巧みに騙してお金を奪う、悪徳商法がたくさんあります。契約書は最後までしっかりと目を通す習慣をつけて、そういった危険から自分で身を守れるようになってくださいね」

手を挙げた我々には先生の言葉が、よく煮つけたがんもどきのように沁みに沁みた。きっと悪徳業者たちはさっきの先生のように急かし、私たちに正常な判断ができないようにするのだろう。先生はその後、悪徳商法の手口や困った時に相談できる消費生活センターについて教えてくれた。

誰よりも早く、そして誰よりも素直にまんまと騙されてしまった私は自分の馬鹿さ加減を文字通り痛感することとなった。そして自分の頭で理解できないことはどんなにうまい話でも信じるまいと胸に刻んだ。

大人になってからも「一発どでかい宝くじが当たらんかな」が口癖だった私は、自業自得も甚だしいが幾度となくマルチ商法の勧誘を受けるハメになってしまった。

そのたびにきっぱりNOが言え、今も平和に暮らせているのは、やっぱりあの時の先生の優しい裏切りのおかげなのだった。

２００円の使い道

今や小学生でも高性能なスマホを持ち、高画質な写真や動画を思いのままに加工して楽しんでいるが、私の高校時代は携帯といえばガラケーだった。

カメラ機能はついているものの、今のスマホと比べたら画質はガビガビ。更にインカメ（自撮りに適した内側のカメラ）は盛れに盛れた「ここぞ」というアングルを定めた時に限って不調になることも珍しくなく、我々はガラケーの自由すぎる振る舞いに翻弄されたものである。

キラキラのスタンプをどれだけ押しても足りないきらめきに満ちた高校生活の思い出を残すには、ガラケーのガビガビ画質ではとてもじゃないが画素が足りないのだ。

校則で眉毛の手入れすら許されない惨めな私たちの姿をとびきりかわいく残してくれる魔法の機械。そう、まさにプリクラこそ私たちの桃源郷だった。

『自分ってもしかしたらかわいい……？　益若つばさちゃんみたい……??』

そんな甘い夢のような錯覚をさせてくれるプリクラ。

それは私の学生時代、友だちと遊ぶたびに「ちょっと一枚撮ってくか」と立ち寄る、社会人の居酒屋みたいな存在だったのだ。

プリクラの撮影は当時一回４００円。バイトもできないお小遣い制の高校生にとっては贅沢品《ぜいたく》だが、友だちと一緒に撮影することで一人当たりの単価は下がる。１００円、もしくは２００円で思い出を残せるうえ、世に名を連ねるトップモデル並みにかわいくなった気持ちになれるのだから安いものだ。

機種によって機能が大きく異なるのもプリクラの面白いところである。肌を綺麗《きれい》に見せるのに特化しているものもあれば、とにかくデカ目にこだわり、目を感知して勝手にまつげを生やしてくれる優れものもあった。因数分解もまともにできないくせに目のデカさ＝かわいさという方程式は理解している我々も、こぞってデカ目にしてくれる機種に並んだ。

ある日。私と友人が二人で、当時大人気だった目の感知機能のあるプリクラ機に並んでいた時のことである。友人が雷に打たれたかのように何かを閃《ひらめ》き、真剣に私に語った。要約するとこうである。

「プリクラが目を感知してまつげを生やしてくれるなら、鼻の穴を目と勘違いするように撮影したら、鼻の穴にもまつげを生やすことができるのではないか」

突拍子もない彼女の発言に驚きを隠せなかったが、私はすぐに返事をした。

「やろう」

文明の利器を欺く女子高生の戦いが今、始まった。

『モードを選んでねッ♪』

プリクラ機に入るなり、録音されたギャルのキャピキャピした声が響く。その声に導かれるまま、よどみない手捌《てさば》きで撮影モードを選択していく。

選ぶのは翼のようなふさふさのまつげを生やしてくれる〝激盛れデカ目モード〟、これしかない。

『さぁ最初のポーズだよ♪　二人で仲仔《なかこ》のハートを作っちゃおッ』

目の前の画面では二人のかわいいモデルが、手と手を合わせてハートマークを作って見せてくれているが、我々はそんなお手本には目もくれず腰を低く落として思いきり顔を後ろに反らせた。そのまま大きく膨らませた鼻の穴をカメラに近づける。

『さーん、にー、いーち♪　パシャッ』

撮影が終わるなり素早く出来を確認する。

だめだ、ただ顔を反らせて強調された自分たちの顎が写っただけだった。

「クソッ!!」

やり場のない怒りに震える私たちを無視し、狭いブース内にギャルの声が響く。

『サイコ〜!』

何が最高なものか。

「もっと近づかなきゃだめかもしれんね」

「このアングルじゃ鼻の穴が見えない、せめてここでこうして……」

『さぁ次のポーズだよッ♪　ピース&ピース!　カッコよくキメちゃおッ』

ギャルの音声に急かされ、無慈悲にもサクサク進んでいく撮影に、軌道修正する時間はほんの数秒しか与えられない。そんな極限状態の中、前回の反省を踏まえてできる限りの高みを目指す。

『さーん、に〜い、いちっ♪　パシャッ』

鼻の穴を最大まで広げ、今度はかなりカメラに近づいてみた。だめだ。近づきすぎてこれでは何がなんだかわからない。鼻の穴をうまいことカメラに写すのは、その道を極めた者でなければ成せぬ至難の業なのだろう。

その後も近づいたり離れたり、顔を反らせる角度を微調整したりしながら撮影を続けたが、期待する成果は得られなかった。

『うんうん、そのチョーシ！』

失敗なくして成功はない。トライアンドエラーを繰り返しながらも、間違いなく鼻まつ毛に近づいている。狭いプリクラ機の中に響くギャルの声はそんな我々を励ましてくれている気がした。

『次が最後だヨ！　さいっっっこ〜の笑顔で、ハイ！　ポーズ☆』

ここまでやれることはやった、もう後悔はない。

私たちは互いの努力を讃《たた》えながら、今までの反省点を全てぶつけ最後の撮影に臨んだ。

パシャッ。

切ないほどにキレのいいシャッター音が、私たちの戦いの幕を閉じた。反らせた首と腰の痛みを和らげようと手でさする。

「……え、エムコ！　すごい！　すごいよ！」

画面をのぞき込む友人の興奮する声にハッとした私も、慌てて小さな液晶に目をやった。

ふわり。

私のデカい鼻の穴に、豊かなまつげが花開いていた。

——無謀と思われた戦い。

誰もが私たちの挑戦を鼻で笑うだろう。

だがこの世を変えてきた歴史上に名を残す偉人はみな、後ろ指をさされながらも挑戦を続けてきた者たちなのだ。歴史を変えるのは天才じゃない。たとえ周りに笑われようとも自分の信念を貫き通す、馬鹿みたいに真面目な馬鹿野郎こそが、歴史を変えてきたのだ。

こんなことにお小遣いから200円を投げ出したと言ったら、間違いなく親は「この馬鹿娘が」と涙を流すだろう。しかしあの時の200円には、それ以上の価値があったと私は思う。あの200円は、その後〝くだらない〟と呼ばれることに全力投球し、それをエッセイにしたためる道を歩む私の人生の、一番最初の投資だったのかもしれない。

プリクラに写る、鼻の穴にふわりと乗ったふさふさのまつげが、未来の私のあるべき姿を教えてくれたような気がした。

私はゴリラ

高校で3年間美術を学び、大好きだったものづくり以上に人と関わることが好きだと感じた私は幼児教育の道に進むことにした。高校まではちゃらんぽらんだった私も、人の命を預かる責任ある仕事を志した以上、短大の授業は真剣に臨もうと決めていた。短大のシステムは高校とあまり変わらず、振り分けられたクラスで2年間同じクラスメイトと勉学をともにした。

そこで私はまたしても感性に優れたパワフルなクラスメイトたちに出会うこととなる。

幼児教育と切っても切れない教科、それが音楽だ。私はお調子者だったので歌や踊りは大好きだったが、必須科目でもあったピアノはまるで経験がなかった。そもそも楽譜が読めないので、大量のおたまじゃくしが並ぶ5本線を一つずつチマチマと数えて、初めてその音が何かを知るという途方もない作業を繰り返しながらピアノに齧りついた。

その格闘はのちに記すとして、練習室に籠り毎日練習に励んでいた私は、集中が途切れると気分転換に友人の練習室に遊びに行き、アドバイスをもらっていた。

ピアノがうまい友人はたくさんいた。彼女たちの細くしなやかな指が奏でるピアノの音色が大好きだった。

ある日、いつものようにクラスメイトで友人のリリコの練習室に遊びに行くと、彼女は聞いたことのないメロディを弾き始めた。

「あ、なんかいいのができたかもしれん」

どうやらオリジナルの曲を思いついたらしい。

彼女は伴奏もつけながら更に曲の奥行きを出してゆく。楽しいメロディに耳も心も心地よかった。作曲もできるなんてすごい、私も楽しくピアノが弾けるようになれたらなぁと素直に感動した。満足のいく仕上がりになったところで彼女はその曲に歌詞を乗せ題名をつけた。

「どんな曲？　歌ってみてよ！」

園児のようにねだる私のリクエストに応え、彼女はピアノを奏でながら歌い始めた。

エムコはゴリラ　エムコはゴリラ　ウッホウッホ　エッホエッホ
エムコはゴリラ　寝ても覚めても　エムコはゴリラ

のちに我がクラスで一大ムーブメントを巻き起こすこととなる大ヒットナンバー、「エムコはゴリラ」が誕生した歴史的瞬間だった。

童謡でよく使われるハ長調のそれは耳にすぐ馴染み、私扮《ふん》するゴリラがウホウホとドラミングしているだけの単純な歌詞ゆえに瞬く間にクラスに広がってしまった。一度聞けばわかってもらえると思うのだが、頭にこびりついて離れないキャッチーな曲なのだ。

18歳のいたいけな乙女がゴリラ呼ばわりされるのは全くもって遺憾だったが、心当たりがあるうえに楽しそうに歌う友人たちを見るのは嬉しかったので、タイトルと歌詞については不問とした。私はその曲に振りをつけ、友人の演奏に合わせて練習室の中で飽きるまで踊った。

数日が経った。「エムコはゴリラ」はクラスメイトにたいそう愛され、教室移動の間にハミングしたり、ピアノの練習の合間の息抜きに弾き語ったりと日常生活に浸透していった。最初は遺憾だった歌詞も、その頃には全く気にならなくなっていた。

授業の合間、私はロッカーへ荷物を取りに行った。ロッカーは同じ保育科の学生全員が使用する場所だ。珍しくガランとしていたその場で次の授業で使う教科書を探していると、後ろのほうから「エムコはゴリラ」が聞こえてきた。まーた誰かが歌ってるなと苦笑しながら振り返ると、そこにいたのは他のクラスの顔も名前も知らない学生だった。

どちらさまでしょうか。

時が止まる。

その学生は唖然《あぜん》とする私のことなど気にも留めず、ご機嫌な鼻歌を歌いながら教科書を選んでいる。

そう、私が彼女を知らないように、彼女も私を知らないのだ。

あなたが気持ちよく歌うそれは私の曲で、そのゴリラは私です。と喉まで出かかったが、たぶん相手には意味がわからないうえに説明があまりに面倒くさいので呑み込んだ。

「エムコはゴリラ」は私の知らないところまで、それはもう歌詞の通りにウホウホと独り歩きしてしまったのだ。私は経験したことのない衝撃的な感情に包まれ、教科書を取るのも忘れて教室に戻ってしまった。

あれから12年が経った。「エムコはゴリラ」の作詞作曲者であるリリコのもとには待望の第一子が生まれ、珠《たま》のようにかわいらしいその男の子には、音楽を愛する彼女らしく、音楽にちなんだ名前が授けられた。

彼と一緒に「エムコはゴリラ」を踊る日が待ち遠しい私は、彼が健やかに成長し、名前のように母のように、音楽を愛してくれることを願わずにはいられないのだった。

庭木のピアノ

　学びの時間が大学の半分しかない短大の保育科では、卒業までの2年の間に、幼稚園教諭の免許と保育士資格の両方を取得するための単位を取らねばならない。ギチギチに組まれた授業のおかげで入学した瞬間から目が回るような忙しさだったが、短大の授業は高校までの授業とは違い、自分の興味のある分野の勉強ばかりなのでさほど苦には感じなかった。

　数ある授業のなかで、一番手を焼いたのはピアノだった。小学生の時に母親に連行され姉と一緒に2年ほどピアノ教室に通わされていたが、当時全くと言っていいほどピアノに興味がなかった私はレッスンの時間、姉や先生の演奏に合わせてタンバリンを鳴らして踊ることで退屈な時間をやり過ごしていた。タンバリンを叩き続けたあの2年間は、大人になってからカラオケを盛り上げる場面においては大変役に立ったが、音楽的教養は一切身につかなかった。当たり前である。

あの時真面目にピアノに取り組んでいればこんなに苦しむこともなかっただろうが、人間、適切な動機と時期が重ならないことにはどうにもならんというのが私の持論だ。そしてその動機と時期がぴったり重なった短大の入学直後こそが、性根を入れ替えて頑張るまたとない機会だったのだ。

幼稚園教諭免許、保育士資格の取得にはピアノの実技が必須である。最初の授業で配られた生徒のピアノの実力を測るアンケートには、情けないと思いながらも、

「楽譜は読めません、ピアノは弾けません」

と正直に書いた。小・中学校の音楽の授業では、天から賜ったこの銅鑼《どら》をも凌《しの》ぐデカい声のおかげで、元気いっぱい歌う子どもが大好きな音楽の先生の懐に入り込み比較的良い成績を修めることができたが、ピアノの実技となればそうもいかない。

提出されたアンケートを元に実力別のクラスに振り分けられ、私はもちろんだがレ

ベルが一番下のピアノ未経験グループに入った。

私の担当になったサトウ先生はそれはそれは厳しい鬼教官だと、保育科でその名を轟《とどろ》かせていた。サトウ先生の指導を受けて涙を流し、心が折れた生徒は数知れないという。先輩たちや友人からの噂《うわさ》話を耳にするだけで、ないはずの金玉が縮み上がった。

最初の授業。個別のレッスン室に入った私は震えながら挨拶し、黒々と光沢を放つグランドピアノの前に座った。

「まず潮井さんの今の実力を見せてください。ドレミファソラシドは弾ける？」

もう弾かされるんかい、と驚きつつも、私はドに親指を置き力を込めた。

ドーレーミーーー。

おかしい、どんなに力を込めてもファとソが鳴らない。入学するまで鍵盤の軽いオモチャのピアノで練習していたせいで、本物のピアノの鍵盤の重さに薬指と小指が負けているのだ。どんなに力を入れて動かしても薬指と小指が鍵盤に沈まない。ドレミまでしか弾けない私を見たサトウ先生は、サバサバした口調で呟いた。

「もう結構です、わかりました」

審査の結果、ドレミファソラシドどころかドレミしか弾けなかった私は、難易度順に1から100まであるピアノの教則本の1から始めることになった。

ピアノの授業の主な流れはこうだ。先生から指定された曲を次回のレッスンまでに練習し、その成果を先生に見てもらう。未完成な部分を修正し、再度弾いてみて合格が出たら次の曲に進めるが、不合格だったらやり直し。ひたすらこれの繰り返しだ。

何度かレッスンを受けたが、鬼と評判のサトウ先生は言葉の端々に若干の棘《とげ》があるものの、噂で耳にしていたように恐れ慄《おのの》くほどの恐怖は感じなかった。

そんなサトウ先生の噂の片鱗《へんりん》を感じ取ったのは初めての合同レッスンの日だった。サトウ先生に習っている生徒たちが同じピアノ室に集まり、互いの成長を披露し合うのだ。みな私と同じピアノ初心者ばかりである。

名前を呼ばれた友人がピアノの前に座り、課題曲を弾く。友人の成長した姿を見ながら私も頑張らなきゃなぁと思った矢先、先生は見たこともないくらい厳しい表情を浮かべ、友人に言った。

「あなた、練習してきてないでしょう」

もういいです。パタンと楽譜を閉じて、先生は私の名を呼んだ。

「潮井さん、どうぞ」

ピアノの前に座っていた友人はお通夜のような表情で私に席を譲った。いやいや、こんな雰囲気の中ピアノなんて弾けるかい、と心の底からそう思った。

友人のぬくもりの残る椅子に腰かけ、練習してきた曲を弾いた。私のピアノの腕前なんて、さっきの友人よりも遥《はる》かに未熟である。最後まで弾いたものの上手に弾けなかったため、叱られると身を縮めていると、

「潮井さんは曲の途中で速くなるから、もっと一定のリズムで弾けるように練習してきてください。あと運指が間違っているから弾きにくいのよ、ここのファは親指で……」

といつもの調子で教えてくれた。

友人たちが見守る中、先生のこの態度の差は非常に気まずい。まるで私が先生に贔《ひい》屓《き》されているようではないか。私は落ち込む友人の姿に気が気じゃなくて、その日は先生の言葉があまり耳に入ってこなかった。

この一件があり、サトウ先生とのレッスンはどこか気まずい日々が続いた。そんなある日。テスト勉強と課題提出の怒濤《どとう》のラッシュが重なり、ピアノの練習が全くできない週があった。

楽譜が読めない私はいつも暗譜し、指の動きを体に叩き込むことで課題曲をこなしていたが、今回は指の動きを体に入れる時間がなく、付け焼き刃で楽譜だけを記憶し先生のレッスンに行った。

隣に座る先生の視線が、鍵盤に置かれた私の両手に落ちる。脳内の記憶を頼りに指を動かしたが、しばらく弾いたところで手が止まってしまった。

「潮井さん、あなた練習してきてないわよね？」

ギクッと心臓の跳ねる音がした。先生の突き放すような言葉が胸の真ん中に突き刺さって、しばらく顔を上げられなかった。

「練習してきて弾けないのと、練習してないから弾けないのはすぐにわかります。潮井さんはいつも完成度はめちゃくちゃだけど、ちゃんと練習してきていたのは伝わりました。今回は、練習をしてないから弾けないのよね？」

恐る恐る顔を上げると、合同練習の時に友人に向けていたのと同じ、厳しい表情の先生がいた。先生は私を贔屓していたのではない。下手くそでも練習をしてきていたから、誠実に指導してくれていたのだ。先生は贔屓とは一番遠い、平等の精神を持った人なのだとこの時に知った。

「練習しませんでした、ごめんなさい」

私が正直に言うと先生は、

「次までに練習してきてください」

とだけ言って、その日のレッスンは終わった。

サトウ先生が私に向けた失望の眼差しは、今まで受けたどんな指摘よりも辛《つら》かった。弾けないからこそ人の何倍も練習しなければいけないにもかかわらず「忙しいから」「時間がないから」と保身のための言い訳を重ね、あと回しにしていた自分が恥ずかしくなった。

その日以来、心を入れ替えて練習に臨んだが、それでも日々の練習は辛いことばかりだった。

やっとの思いで一曲合格したと思ったら、また新たに難易度の高い曲が課題となる。こちとら白鍵で手一杯だというのに、回を増すごとにシャープだフラットだといった見慣れない音楽記号が増えていくのだからたまったもんではない。

こんなに難しい曲は弾けるわけない、もうピアノなんて見たくもない、と泣きながら鍵盤蓋を開け閉めするだけの無駄な時間を過ごす日もあった。それでもあの時のサトウ先生の眼差しを思い出して、毎日1時間は必ず練習室に行った。練習を続けていれば、毎日ほんの少しだけ上達していく。そのわずかな進歩を先生が認めてくれたおかげで、2年生に進級する頃には、基礎教本の課題曲全てに合格をもらい、親の顔より見た憎き一冊を卒業することができた。

1年かけてピアノの基礎スキルを獲得した私は、自分で言うのもなんだが2年生になってから飛躍的に成長した。何よりもまず、ピアノが私の心と体を蝕《むしば》む存在ではなくなった。それまで指の技能訓練をメインにした課題曲だったのが、童謡に変わったのも大きな要因の一つだろう。10本全ての指が思い通りに動き、馴染み深い大好きな童謡の音色が自分の指先から生まれていく。ピアノを弾けるというのはこんなにも楽しいのか、と過酷な1年が報われた思いだった。

ピアノがある程度弾けるようになったところで、曲によっての得意不得意も顕著になり、先生からは技術の指摘とともに演奏の感想をもらえる機会も増えた。

「4分の4拍子が苦手で4分の3拍子が得意だなんて、あなたの体を流れているのは日本じゃなくてラテンのリズムね」

「短調の曲をこんなに死にそうに弾く人初めて見た」

「あなたのピアノは荒れ果てた庭木のようね。生えてはいるけど整っていないもの」

随分な言われように聞こえるかもしれないが、自分のピアノを振り返るとおっしゃる通りなのだ。先生からもらう指導は的確で無駄がなくて、どこか詩的で面白かった。先生に「良かったわよ」と認めてもらえるように頑張ろうという気持ちが、ピアノに向き合う2年間で何よりのガソリンになった。

最初は最低評価でギリギリパスしたピアノも、最後の試験では最高評価をもらい、私は短大を卒業した。それから保育職を勤めた5年間、子どもたちと一緒に音楽活動を楽しめたのも、ピアノ未経験の私に根気強く指導してくださったサトウ先生のおかげである。

保育職を離れて数年経つ今、2年もの歳月をかけて先生が剪定《せんてい》してくれた私の庭木もボーボーに戻ってしまった。弾く機会がないのだからこのままでも構わないと思いつつも、心のどこかで鍵盤に触りたくてうずうずしている自分がいる。

今の私の演奏に、先生はどんな感想を送ってくれるだろうか。きっとまたシェイクスピア顔負けの語彙で酷評されるに違いない。そんなことを想像すると、また先生に褒められたり叱られたりしながら、大好きになったピアノが弾きたいと思ってしまうのだった。

巫女《みこ》のアルバイト

幼い頃から、かわいい制服を着て働くことが私の夢の一つだった。

高校は校則でバイトは禁止。そもそも部活の陶芸が忙しく、バイトをしようなんて気にもなれなかった。泥まみれのツナギに身を包んで土をこねくり回している間に花の女子高生時代を終えてしまったものだから、アルバイト自体にも人一倍強い憧れを抱いていた。

高校を卒業した私は、短大の授業がない時間は近所のスーパーの中の小さなパン屋でバイトを始めた。あれだけ期待していた制服はというと、ジャムおじさんよりはギリギリマシ程度の、別にかわいくもなんともないありふれたコック服だったので、テンションが全く上がらずつまらない思いをしていた。

18歳の冬。そんな私に、高校の同級生から願ってもない話が舞い込んだ。

「年末年始、神社で巫女のバイトせん？」

彼女は子どもの頃から馴染みの神社でお手伝いをしており、今年は特に巫女の手が足りないらしい。そこで、いつも金がないとプゥプゥ文句を垂れている私に白羽の矢が立ったのだ。

スーパーは年末年始も休まず営業しているのでパン屋で働く私もそれなりにシフトに組み込まれていたが、神社で多くの手が必要だという大晦日《おおみそか》の夜から元日の昼までは運良く休みだった。これも何かの縁だろう。私は二つ返事で了承した。

巫女の知識はマンガやアニメで得た程度しかないが、あの神秘的な衣装に袖を通せるというだけで、動機としては十分すぎるくらいだった。

大晦日の夜。「とにかく暖かい装備を持ってこい」という友人の言葉に若干ビビりながら、私は厚手のタイツと裏起毛の芋くさいジャージ、防寒インナーと大量のカイロをかばんに詰め込んで家を出た。1時間ほどバスに揺られ、冷たい参道をジャリジャリ歩いて神社を目指す。

寒いのは大の苦手だが、雪で濡れた草木の香りをお腹いっぱい吸い込むと、内側から清められていくような気がして冬も案外悪くないもんだなと思えた。

「よっ」

長い参道を抜け、歴史を感じさせる石畳が名物の境内を抜けて社務所を訪ねると、友人はもう支度を済ませていた。彼女はここで毎年、年の瀬に巫女として舞を踊っているのだ。巫女装束を纏《まと》い、シャラシャラと揺れる金色の髪飾りをつけた神秘的な友人は、神様の子どもみたいに綺麗だった。

「めっちゃキレイ〜!」

「ありがとう。早く着替えなきゃ、これから忙しくなるよ」

感動する私をよそに、さっさと社務所の中を案内する友人。小さな和室に通された私は持参した防寒具を身につけた。防寒インナーやタイツを重ね、モコモコに着ぶくれた自分は情けないくらいダサい。しかし友人の手によって巫女装束を着付けられていくと、

「めっちゃ巫女やん」

と思わず馬鹿みたいな感想がこぼれ落ちてしまうほどに、鏡には「めっちゃ巫女」な自分が映っていた。まさに馬子にも衣装。普段の粗野な私の雰囲気を見事に消し、そこそこちゃんとした人に見せてくれるのだから巫女装束の持つ清きオーラは恐ろしいものである。

巫女装束を着た私は宮司《ぐうじ》さんと、禰宜《ねぎ》という役職の奥さまにご挨拶をした。二人ともとても優しく、不慣れな私を何かと気遣ってくれてありがたかった。

私に任された仕事はお守りやお札、熊手や破魔矢といった縁起物の授与だった。パン屋のバイトで接客には慣れている。受け渡しの仕方や計算方法などを一通り私に説明したあと、ハッとした友人が眉を顰《ひそ》めて言った。

「これが一番大事なことなんやけど」

「え、何?」

「神社は普通のお店と違うけね、参拝に来られた方は参拝者でありお客さんじゃないんよ。やけ、『いらっしゃいませ』とか『ありがとうございました』は言ったらいけんよ。『あけましておめでとうございます』『〇〇円お納めくださいませ』ってふうに言い換えるの。わかった？」

危ない危ない。いつもの癖で、どでかい声で渾身《こんしん》のいらっしゃいませをかましてしまうところであった。私はこの手の、絶対にしてはだめと耳にタコができるほど言われたことに限って〝うっかり〟をよくやらかす。しかし、たとえうっかりでも今回は神社の信用に関わる。それから何度も言葉遣いの練習をしている間に、いよいよ年越しの瞬間が近づいてきた。

授与所の大きなガラス戸が全開になる。開け放たれた戸から吹き込んだ真冬の冷気が、私たちの体温を一瞬のうちに奪った。

「さぶいいいいい」

凍える暇もないまま、年越しを迎えた境内は参拝者で溢《あふ》れ返り、授与所にはお守りやお札を求める人々が押し寄せた。

四方八方からにゅ〜と伸びた老若男女の手が、私に向かって突き出される。それぞれの手から授与品を受け取り、数を数えながら慌てて電卓を叩く。小銭はドライアイスのように冷えきり、かじかんだ指先ではなかなかつまめない。しかし、手間取ってどんなに時間がかかっても、参拝客は誰も私を怒らず微笑んで待っている。これが神社という神聖な場所で守られた巫女の力なのか。

　普段はパン屋で、チョコレートのかかったドーナツにラップをかけ忘れただけでツバを飛ばしながら罵声を浴びせてくるジイさんたちを相手にしている私は、久しぶりに人の温かさに触れた。

「あけましておめでとうございます、2800円お納めください。200円のお返しです、またお参りくださいませ」

　練習の甲斐もあって文言をトチることもなく、数をこなすうちにどんどんスムーズに対応できるようになった。

　深夜3時にもなると、先ほどの賑わいが嘘のように境内から人影が消えた。目が回るように忙しい年明け直後の神社内を奔走していた禰宜さんが、一仕事終えた私たちのもとへ駆けつけ、夜食を差し出しながら言った。

「お疲れさまでした！　これ食べて、朝まで社務所で仮眠していってね。次はいつ来てくれるんだっけ?」

「私は朝から夕方までお手伝いできます。夜は別のバイト先でシフトが入っているので、また明日来ますね」

「あらあら大変ね。忙しいのにお手伝いしてくれて助かるわ、無理しないでね」

社務所で巫女装束を脱いだあと、コタツの中で冷えた体を温めながら受け取った夜食をいただく。ハンガーにかかっている、先ほどまで自分が着ていた巫女装束を眺めながら「こりゃ寒さと忙しさを笑顔で乗り切るための戦闘服だな」とぼんやり思った。

仮眠から目覚め、元旦の縁起の良い朝日に祝福されたあとは、また戦闘服に着替えて授与所に戻る。元旦は大晦日の夜の何倍もの人がお参りに来ていたが、仕事は夜の数時間のうちにすっかり慣れてしまったので、初めの頃よりはお待たせすることなく対応できた。寒さだけは慣れないが、かじかんだ手は袴《はかま》の隙間に差し入れて腹に貼ったカイロで温めるという策を編み出して乗り切った。巫女装束は実に便利なつくりをしている。

朝と昼の仕事を終え、禰宜さんが準備してくれたというお昼ご飯をいただく。お腹をすかせた私たちを待っていた、見たこともないような大きなお鍋。「お雑煮か豚汁かな？」と胸を躍らせながら蓋を開けると、そこにはザ・バーモントなアレがなみなみ入っていて笑ってしまった。ほかほかのご飯に好きなだけかけ、元日に神社でカレーを食べるという非日常とともに味わった。

夕方の仕事が一段落ついた私は宮司さんと禰宜さん、そして友人に「明日、また来ます」と挨拶をして神社を出た。半日だったがとても濃くて楽しい時間だった。

またバスにどんぶら揺られて家に帰る。シャワーを浴びたらすぐにパン屋へバタコをしに行かねばならない。ハードスケジュールを組んでしまったことを若干後悔する。

バタコよろしくバタバタ走ってバイト先に向かい、コック服に着替えて店に立つ。1月1日の夜のスーパーは人はまばらにいるものの、みなとてもじゃないがパンの気分にはならないのだろう。驚くほど客が来ず、手持ち無沙汰な私は売れ残りの食パンをスライスして暇な時間を潰していた。

そろそろ売れ残りをセール品にするか、というタイミングでようやく一人のおじいさんがトレイとトングを手にした。私にとって、新年初のパン屋の客である。縁起がいいね、あんたは今年いいことあるよと思いながらレジに立つ。

「あけましておめでとうございます」

「ハァ……？　ハァ、おめでとうございます」

なんとも挙動のおかしなおじいさんである。警戒しつつもトレイとトングを受け取りレジを打つ。

「カレーパンが1点、メロンパンが1点、ドーナツが2点ですね、520円お納めください」

「ハァ？　……あ、ハァ……はい」

やたらハァハァ言うおじいさんを不気味に思いつつも、ここで幾多の変なジイさんを相手にしてきた私はもう慣れっこである。ほんとによくおるな～と思いながら1000円を受け取りおつりを返す。

「480円のお返しですね、またお参りください」

ぺこっと頭を下げ、冷えた手を袴の中に突っ込もうとした瞬間、行き場をなくした私の両手が空をつかんだ。その途端、ハァハァおじいさんの「ハァ？」の意味にようやく気がつき背筋が凍りつく。

慌ててさっきのおじいさんを目で追うと、パンの入った袋をせかせか動かしながら足早に店を去っていた。不気味だったのはおじいさんではなく、神社でしか使わんような耳馴染みのない言葉遣いで接客する私のほうだったのだ。

それから閉店するまでの4時間、脳内のメモを元の接客用語に書き換える作業に相当な労力を費やした。

次の日の朝。リセットされた私の馬鹿デカい「いらっしゃいませ」の声が神社の境内に響いたのは、もはや言うまでもない話だろう。

成人の日

私の成人式を誰よりも待ち望んでいたのは母方の祖母だった。

私が袖を通す予定の振袖は、その祖母が仕立てたものである。

といっても私のために作ったものではなく、母のお下がりなのだ。祖母は懇意にしているお坊さんの袈裟《けさ》を縫う手伝いをするほど和裁が得意だったので、母の成人の際は反物から選んで振袖を拵《こしら》えた。

「反物だけで庭に池が作れるくらいの金額を使った」

と絶妙にわかりにくいたとえで高価な振袖であることをアピールする祖母。そんな会心の出来の振袖が、母が嫁いでからは日の目を見ずにたんすの肥やしになっていることを日々嘆いており、孫娘たちが成長するにつれ「そろそろか……」と密《ひそ》かにアップを始めていた。

ところが私の一つ上の姉が「振袖なんて着るガラじゃないから」と成人式出席を断ったことで激しく落胆。それならばと私への期待が更に高まっていたところだった。

誰よりもうるさい癖に自分よりうるさい人のいる場所と人混みが大の苦手な私も、成人式へ出席する気は毛頭なかった。

しかし高校のクラスメイトと、成人式のあと先生たちに振袖姿を見せに行こうという話になり、それなら成人式帰りのみんなと合流すればいいかと、祖母孝行を兼ねて振袖を着る準備をしてもらうことになった。

祖母はニコニコしながら力作の振袖を広げ「ここの柄を合わせるのが大変でねぇ」「ここの縫い合わせが我ながら素晴らしい出来でねぇ」と私に説明した。この振袖はただの振袖ではなく祖母にとっては作品なのだ。作者として作品を人に見てもらうのは、やはり何にも代え難い幸福なのである。

「ばあちゃんは振袖の着付けとヘアセットはできんから美容院を予約せにゃよ」

その言葉に、へいへいと適当な返事をしたまま気がつけば数週間が過ぎ、そろそろヤバいぞと焦った私はようやく重い腰を上げて美容院に電話をかけた。

「すみません、成人式の日に振袖の着付けとヘアセットの予約をしたいんですけど」

「はい、来年度のご予約ですか？」

ハ？と一瞬思考が停止したが、私が電話をかけたのは成人式の1カ月前。当日は市内の新成人がこぞって支度に入るため、みんな半年から1年以上前には美容院を予約する。こんな直近で電話をかけてくるとぼけたヤツなどいないのだ。

「いえ、今年の成人の日です」

私がそう答えると、美容院の人は申し訳なさそうに言った。

「申し訳ありませんが今年の予約はいっぱいなんですよ」

そりゃそうだ。

「12時でもだめですか？」

「12時ですか!?　成人式始まってますよ!?」

なぜこの女は成人式に行かないのに振袖を着るんだ？と言いたげな美容師さんの気

持ちを察しながら、

「成人式には行かないので大丈夫です」

と伝えると、その時間ならとすんなり予約が取れた。

しかし混雑する時間ではないとはいえ、こんな直近に予約を取るものではない。いつも腫れ上がる寸前まで尻を叩かれなければ動かないのは、私の数ある悪い癖の一つである。

美容師さんから着付けに必要なものの詳細を聞き、祖母に伝えた。

「タオルは一応4枚入れとこうかね」

そう言って祖母は補整用に新品のタオルを準備してくれた。

補整とは胸の膨らみや腰のくびれなどによる体の凹凸を、タオルや綿を巻いて寸胴にしていく作業である。着付けにはタオルをはじめ、腰紐《こしひも》や帯を締める際に使うバンドなど、こまごまとした備品が必要なので漏れがないように何回も確認した。

当日。振袖や帯、その他着付けに必要なものと小物一式を風呂敷に包み、泥棒のようなスタイルでオシャレな美容院に足を踏み入れた。

「いらっしゃいませ〜、本日はおめでとうございます」

今にもヘロヘロと腰が砕けそうな美容師さんたちが最後の力を振り絞って出迎えてくれた。みんな笑顔だが目の下に浮かぶクマと疲労は隠せない。

成人式は美容院の一番忙しい日と言ってよい。ようやく終わったとみんなで両手を挙げて喜びたいところにノコノコと登場してしまい、あまりの申し訳なさに「やっぱり帰ります」と言いたくなるのを堪《こら》える。

席に座るとすぐにヘアセットが始まった。

好みのスタイルを聞かれたが「絶対に盛らないでください」とだけ伝え、あとはお任せした。地域柄、気を抜くとグリグリのモリモリにされてしまうかもしれないので、セット中も気が休まらなかった。

なんとなくそれっぽい髪形にしてもらい、「仕上げにラメのスプレーかけときますか?」の申し出も全力で断って、いよいよ着付けの時がきた。

別室で振袖や小物を広げ準備していた若い女性のスタッフさんが「こんなに見事な振袖は今まででで初めてです」と祖母の力作を褒めてくれた。全員に言っているのかもしれないが、祖母のことを褒められたようで素直に嬉しかった。祖母の手作りだと伝えると「気合いが入ります！」と言いながら腕まくりをしていた。挙動の一つひとつがジブリ作品のヒロインみたいな人である。

着物の着付けで何より大事なのは土台作りと言っていい。ここが疎《おろそ》かになると一気に着崩れしてしまうので、メリハリのついた体形の女性の着付けは難易度が高いのだ。

そこで私の登場である。胴長短足だがその割に長い首と撫で肩を持つ、着物を着るためだけに生まれてきたかのようなスーパーキューピーちゃんボディの私の肉体を見て着付け担当が唸《うな》る。

「……潮井さんは補整が必要ないですね！」

その言葉を聞いた私は、祖母の準備してくれたタオルを差し出そうとした手を引っ込め、そのままぎゅっと、ぎゅっと握り締めた。

素晴らしいスピードで体に着物が巻かれていく。祖母の振袖に袖を通した喜びを噛《か》み締めているうちに、いよいよ帯を巻かれる段階に差しかかった。

「ここが一番大変なんです、一緒に頑張りましょう！」

たっぷりと施された刺繍《ししゅう》の糸で重い帯を腰にグリグリと巻き、勢いよく締め上げる。そのファーストインパクトに思わずグェ!と声が漏れた。

「潮井さん、生きてますか!?」

スタッフさんが独特の言葉選びで私の安否を確認する。

私は深く息を吸い込み「はい!」と返事をした。

「まだまだいきますよぉ〜、生きてますかー!」

「グェッ!」

グググッと更に強く締め上げられ、腰回りにこれ以上ないテンションがかかる。

「あ゛い! ゛いぎでばず!」

「オッケーです!」

虫の息だったが返事ができるというだけでオッケー認定をいただき、あれよあれよという間に帯は美しくひだを作っていく。幾重にも重なる帯はまるで蝶《ちょう》の羽のように軽やかに私の背中に留まった。

「お疲れさまでした!」

私よりあなたのほうが疲れただろうに。こちらこそとお礼を言って小物を身につける。最初は苦しく感じていた帯の締めつけも着付けが進むにつれて呼吸が苦しくない絶妙な圧へと変わり、いいところに収まった。

着付けを終え、私の振袖姿を見た祖母は感激していた。その顔を見るために着たと言っても過言ではない。目に涙を浮かべ「よう似合っとるねぇ」と微笑む祖母の顔を見るだけで、自然と私にも笑みが溢れた。

全身の様子がわかるようにくるくる回り、ヘアセットと着付けの出来を披露しているうちに友だちとの約束の時間が近づいてきた。

「おばあちゃんごめん！　私もう行かなきゃ。これ持って帰っててくれる？」

私がタオルの入った風呂敷を渡すと、中身を確認した祖母は驚きながら言った。

「……エムコちゃん、タオル使わなかったの？」

「そうなんよ、いらんかったらしい」

「1枚も？」

「……うん」

「そう…………………それはいいことやね」

一人タクシーに乗り込んだ私は、祖母が振り絞るように言った「いいことやね」の意味を考えながら、車の揺れに身を預けた。

名前の由来

父方の祖母は、私が物心ついた時すでに寝たきりの生活だった。それからすぐに亡くなったので、祖母との記憶もあまりない。ベッドに横たわった祖母は私が生まれて初めて出会った〝人生の終わりを覚悟した人〟だったので、幼い私は彼女から漂う不思議な雰囲気が少し怖かったのを覚えている。

祖母との数少ない思い出の中に、家族みんなで囲んだ食卓がある。私は祖母と祖父の間に挟まれて座ることが多かった。車椅子に座った祖母は、焼き鮭が出るたびにこんがり焼けた鮭の皮を私にくれた。祖母の大好物はよく焼いた鮭の皮で、自分の一番おいしいと思うものを孫にあげたいという祖母なりの愛情表現だったのだろうと思う。私が持つ祖母の記憶なんてそんなものだ。

小学生の時に、自分の名前の由来を発表するという授業があった。父と母に尋ねると私の名前は「元気に育ちますように」という実にざっぱりした願いを込めてつけられたという。おかげさまで成人するまでは大きな病気をすることなく育ったので、言霊というものは本当にあるのだろうなと思った。

私がその由来を素直に受け止め幼少期を謳歌《おうか》していたところ、当時健在だった祖父が私の頭を撫でながら言った。

「エムコちゃんの名前は亡くなったおばあちゃんからもらったんだよ」

だが、祖母の名前は私の本名とはかすりもしていない。私は元気な祖父がついにボケたと嘆き、その言葉を真面目には受け止めず「そうなんや」とだけ返した。

年齢を重ねるにつれ、あの時の祖父の発言に強い違和感を覚えるようになった私は、自分の名前は祖父の愛人か何かの名前で、それを隠して父と母に命名の際に助言をしたのだろうと思っていた。

そんな祖父も私が中学生の時に亡くなった。

法事や盆などで親戚が集まるたびに、亡くなった祖父母の話題になった。叔母たちが、

「母さんは昔から周りの人にエムコさん、エムコさんって呼ばれていてね」

と話しているのを耳にし、私は叔母のもとへすっ飛んでいった。

「それなんやけど、なんで違う名前で呼ばれてたん？」

「お母さんは戦時中スパイをしてたから、周りの人はその時の名前でエムコさんって、呼んでいたのよ」

私はぶったまげて言葉を失った。要するに私はスパイをしていた祖母のコードネームをもらったというわけだ。その事実があまりに衝撃的すぎて、他にも色んな話を聞いたが断片的にしか覚えていない。

叔母たちいわく、祖母は非常に芸達者で、唄と踊りの先生をしており、豪傑と呼ばれるほど肝っ玉の据わった女であったという。スパイだった頃の時系列も定かではないし、具体的にどういう活動をしていたのかも知らない。親戚の昔話で記憶にあるのはそれくらいで、私が祖母の人となりにつけ足すとするならば、こんがり焼いた鮭の皮が好きであるという一点のみだ。

今となっては親族とも疎遠になり、祖父母について詳細を尋ねることができる人も少なくなってしまった。

このエピソードをＳＮＳで発信すると、祖母のスパイ名をもらったなんてそんな話は嘘に決まっていると寄せられたが、私もこれは事実ですと証明する術《すべ》がないので反論する気はない。スパイというパワーワードを令和の時代に目にするとそりゃ驚くと思うし、私も捻《ひね》くれていて人のことをあまり信用していないのでそう思う気持ちもわからんでもない（直接言ってくるのはどうかと思うが）。

世の中にはこんなふうに言葉という真偽を確かめようもない形で語り継がれる歴史の裏側がたくさんあるのだろうと思う。

しかしながら私の愛した祖父が、自分の愛した妻の通称を私に贈ってくれたというのもまた紛れもない事実である。誰に信じてもらえずとも、世界中で私一人だけを今もなお祖父母の愛が満たしてくれていると思うと、なんとなく贅沢に感じる話なのだった。

祖父への質問

私にとって父方の祖父は孫に優しいただのおじいちゃんだったが、周りの人からは一目置かれるすごい人だったらしい。祖母のコードネームを孫につけるような人だから、何となく変わり者であるのは察していた。大人になってからも知らない人に「あなたのおじいさんはすごい人だったのよ」と言われる機会がたくさんあったが、別に私は祖父の何がすごいのかを知りたくなかった。「すごい」という良くも悪くも広い意味を抱きかかえた言葉で評される祖父の話を聞いている時間はなんとなく居心地が悪かったし、祖父が他人にとってどうであろうと、自分にとってはただのおじいちゃんでいてほしかったからだ。

祖父は非常にものを大切にする人だった。第二次世界大戦中は自らも戦地に赴き、食べるものも満足に得られない厳しい時代を生き抜いてきた人だから、自然とそうなったのも頷《うなず》ける。そのため再利用できそうなものはなんでも取っておく癖があり、絵を描くことが好きな私のために、裏が白紙になっているチラシを毎日探しては、ペーパーナイフで綺麗に切りそろえてお絵かき用紙を作ってくれていた。

幼い私は祖父の手作りお絵描き帳に毎日好きなだけ絵を描いた。色がついている再生紙は鉛筆の滑りが良く、ツルツルしているチラシはペンの発色が鮮やかに乗るのが面白かった。

そうして描き上げた絵のほとんどは祖父にプレゼントした。毎日山のような量をもらうのにもかかわらず、祖父はいつも笑顔で受け取っては、それらを自分の書斎や寝室の壁に飾った。私の絵を嬉しそうに眺める祖父の笑顔が大好きだったから、絵を描くことがますます好きになった。

大人の言うことをまるで聞かず、決していい子とは言えない私だったが、祖父はいつだって「エムコはおりこうだなぁ」と頭を撫でてくれた。祖父の皺くちゃの手のひらが私の頭の上に置かれると、悲しい気持ちがすーっと吸い取られていくような気がして、どんなに辛いことがあっても祖父がいれば平気だと思えた。

そんな祖父の家に住んでいた私は、祖父を慕う方々からの贈りものの数々をいただきながら大きくなった。子ども心をくすぐるような甘いものはほとんどなかったが、なぜか紀州の梅干しは食べても食べてもなくならないほど送られてきていた。母親によって口に入れるものを厳しく制限されていた私は、かすかな甘みを求めて蜂蜜漬けの梅干しをよく食べていた。

チョコレートより遥かに体に悪影響であろう塩分を一度に摂取するので、私の健康を気遣っていた母にとっては本末転倒な話である。しかし他の家族はほとんど手をつけなかったためにちょうどいい消費役として買われたのか、「もう梅干しを食べるのはやめなさい」と言われた試しは一度もなく、私は毎日好きなだけ梅干しを食べた。

ある日私が祖父の寝室に行くと、祖父は会社に行ってしまったようでそこにはいなかった。遊んでもらおうと思ったのに残念だったが、祖父の部屋にはテレビがあったので、お気に入りの「ハッチポッチステーション」でも見ようかなとベッドに横たわりテレビをつけた。

ゴリ。

祖父の愛用している枕に乗せた頭に違和感が走る。寝返りを打つと枕はゴリゴリと更に変な音を立て私の頭を刺激した。まるで玉砂利の上に寝そべっている気分だ。なんだこの感触はと、起き上がり枕に触れる。表面に指を這《は》わすと、枕カバーがボコボコと波打った。自分の使っている枕とは明らかに違う質感である。中に何が入っているのか興味が湧いた私は好奇心に勝てず、枕カバーのファスナーを一気に開いた。

バラバラバラバラバラバラッ。

激しい音を立てながら、どんぐり大の茶色い何かが雪崩《なだれ》のように転がり落ちた。床に落ちた中から恐る恐る一つ拾い上げると、それは紀州梅の大きな「種」だった。そう、祖父の枕のボコボコの正体は梅干しの種だったのだ。これは私の憶測にすぎないが、私が大量に消費した末に生まれた梅干しの種をもったいないと思った祖父が、洗って乾かし、枕として使っていたのだろう。

私は自分がこれまで大人の頭を支える枕いっぱい分もの梅干しを食べたのだと思うと血の気が引き、そして祖父がそれを枕として使っているという事実にもゾッとした。このことはきっと誰にも言ってはいけない。なぜかそう思った私は、この出来事を家族の誰にも言わず、そして真意を確かめる前に祖父は亡くなってしまった。

　祖父が亡くなってからもう17年が経とうとしている。この17年は高校と短大の入学・卒業、就職、結婚と私の人生を大きく変える出来事の連続で、祖父に話したいことが数えきれないくらいあった。きっと祖父は私のどんな話を聞いても、あの頃と変わらずに「エムコはおりこうさんだなぁ」と頭を撫でてくれるだろう。しかし私が一番祖父に話したいのがあの枕の梅干しの種についてであるということは、我ながらなんとも残念でくだらない後悔なのだった。

母の教育方針

子どもの頃、世界のルールは親が決めていると思っていた。

幼少期に禁じられているものはたくさんあった。

甘いお菓子やカップラーメンなどの即席麺はその最たるものだった。歯に悪いからという母の方針でチョコレートやキャラメルのような甘いものが与えられず、ひどくひもじい毎日を過ごしていた。小学生になるまでは祖父の家に住んでいたため、甘いものをねだれば仏壇に供えられている羊羹《ようかん》やら柿といった、子ども心が全くときめかぬものばかりを勧められる。お腹がすいたと訴えた時に、仏壇から拝借した生ぬるい野菜ジュースや中央に栗が沈んだ水羊羹を出された時の「これじゃない」感は今なおどうたとえてよいものかわからない。

祖父母と同居していた幼少期、夏にわんさか届くお中元の品で最も嬉しかったのがカルピスの詰め合わせセットだ。あの白地に青のドットが爽やかな包装紙を見るだけで心躍ったものである。他に届く砂糖不使用の野菜ジュースや甘さ控えめを謳《うた》った天然素材のデザートなどは、成長期まっさかりのキッズからしたら全くもってお呼びじゃなかった。私が欲していたのは「よく味わえばほのかに感じるわね」といった上品な甘さではなく、味蕾《みらい》を突き刺すような刺激なのだ。私は紀州梅の他に、来客用の角砂糖を盗んだり、のりたまを手に出して舐めたりと、理想の甘みを求めて悪行の限りを尽くしていた。

私がそんな日々を送っているにもかかわらず、

「チョコレートは体に悪いからだめ」

と言っていた母が、私に隠れてこっそりチョコレートを食べているのを発見した時は怒りで気が狂いそうになった。

大人は信用できないと悟った。エムコ3歳の時である。

母はチョコレートを堪能したあと、子どもの目の届かないたんす兼ドレッサーの一番上の引き出しに隠した。いや、隠したと思っているのは母だけで、私には襖《ふすま》の間からばっちり見えていた。

私はどうにかしてあのチョコレートを手に入れようと知恵を絞り、たんすの引き出しを下から順に開けて階段を作るという策を思いついた。怒りと食への欲求は3歳児にあるまじき閃きを生む。母がいないタイミングを見計らい、さるの如《ごと》く引き出しをよじ登り、一番上の引き出しに手をかける。母が隠していたチョコレートの包みは、茶色なのに宝石のように輝いて見えた。私はそれをいくつかポケットに詰め込み、引き出しを元に戻してその場から逃走した。

ハァハァと息を切らしながら庭に出る。ここまでくれば誰も追ってこないだろう。すっかり葉の落ちたイチョウの木の陰で腰を下ろし、震える手で包装紙に指をかけた。中から出てきたのは想像以上の代物だった。ココアパウダーがまぶされた求肥《ぎゅうひ》にチョコレートのクリームが包まれていて、噛みちぎった拍子に口の中にブワッと溢れる甘いクリームに溺れそうになった。なんておいしいんだろう。ムシャムシャと無心で食べ、冬の陽を浴びながら恍惚《こうこつ》として余韻に浸った。

こんなにおいしいものを毒と偽って独り占めしている母の信用は地に落ち、それと同時に私はこの家で甘いものを満足いくまで食べることはできないのだという現実に落胆した。


忘れもしない5歳の春。私は同居していた祖父と一つ上の姉の三人で藤の花を見に行った。地元の名所となっている日本でも有数の見事な藤棚をよそに、私はリンゴ飴《あめ》やカステラが並ぶ出店に釘づけになった。なかでも一番魅力的に見えたのは綿菓子だ。あの雲のようなフワフワに笑顔でかぶりつく、自分と同じくらいの歳の子どもが羨ましくて仕方がなかった。私があまりに熱の籠った視線を送っていたので、綿菓子屋に気がついた祖父が言った。

「エムコちゃんは、だんご3兄弟が欲しいのかい?」

「だんご3兄弟」とは当時一世を風靡《ふうび》した、顔の書かれた串団子のキャラクターがタンゴ調のリズムに合わせて踊るＮＨＫの幼児向け番組から生まれた名曲である。

綿菓子屋には、そのだんご3兄弟のイラストが描かれた袋がたくさん並んでいた。普段は幼児向け番組なんて見ない祖父も、家で歌い踊る孫の姿を喜んでいたので奇妙なビジュアルの彼らの存在を認知していたのだ。

綿菓子さえ食べることができるのならパッケージなんてどうでもよい私は、

「だんご3兄弟の、いいなぁ……」

と控えめでかわいらしいおねだりに成功して、姉と一緒に綿菓子を買ってもらうことができた。

ここには小うるさい母もいない。祖父にその存在をアピールしてくれただんご3兄弟の一人ひとりに感謝しながら、袋を開けてフワフワのそれをちぎる。指でつまむだけでじゅわっと溶けてしまう魅惑的なお菓子にときめきが止まらなかった。

口に含むと一瞬で消えてなくなるが、その優しい甘さはいつまでも私の口の中に残った。感動とはこのことを言うのだろう。

パンパンに膨れた大きな袋いっぱいに入った綿菓子は、幼い私にとって今後の人生で食べきることのできない量に感じた。このお宝をどうしようかと姉と話し合った結果、その場で少し食べ、残りは母に見つからぬ場所に隠してこっそり食べることに決めた。

帰るや否や急いで2階に駆け上がり、押し入れの中に綿菓子の袋を隠した。晩ご飯を食べている時もお風呂に入っている時も、押し入れの中の綿菓子が頭から離れなかった。布団に潜り込んだあともなかなか興奮が収まらなかったが、これでこの家での甘いもの問題は解決されたと思うと、喜びと安堵《あんど》に満たされて眠りにつくことができた。

次の日。母が1階で昼ご飯を作っている隙をついて、昨日の綿菓子を一つまみ食べようと押し入れを開けた。パンパンに膨れた袋が私を待っていると思ったが、しょぼくれた元気のないだんご3兄弟と目が合った。

おいだんごたちよ、一体どうしたというのだ。

慌てて袋を開けると、石のようにガチガチに固まった綿菓子の変わり果てた姿がそこにあった。

あの雲のようなフワフワとした面影は一切ない。私は驚きと悲しみの入り混じった声でわんわん泣いた。私の泣き声を聞いて駆けつけた姉も、ガチガチに固まった綿菓子に驚きを隠せない様子だったが、あまりに嘆き悲しむ私の様子を見て、石のようなそれを私の口に含ませた。

「これでも舐めると甘ぃよ」

私は涙のしょっぱさと綿菓子の甘さの両方を感じながら、形がなくなるまでそれをしゃぶり続けた。

だんご3兄弟の軽快なリズムを耳にするたび、今でもあの時の悲しい綿菓子との別れと、彼らの切ない笑顔を思い出し胸の古傷がチクチク痛む。

そして、もしいつか我が子を迎える日が来るのならば、その時はこんな思いをさせないように、一緒に適量の甘いお菓子を食べようと彼らの笑顔に誓うのだった。

母が禁止したものは他にもある。ある日、またしても我が家のルールブックに新たな禁止事項が追加された。

それは「『クレヨンしんちゃん』の視聴」だった。

3歳の頃。テレビリモコンの操作を覚えた私がチャンネルを変えていると、とあるアニメがパッと映った。つまらないニュースやバラエティが溢れる中で、アニメだけは子どもの味方だった。ほっぺたがやたらモチモチしている少年が暴れ回るさまはとても痛快で、心を奪われた私が熱心に眺めているとブツッ!という音とともにテレビが消えた。

振り返ると、リモコンを握り締めた母と目が合った。

「それは見ちゃだめ」

「なんで?」

「だめなもんはだめなの。我が家は『クレヨンしんちゃん』禁止」

母が放ったその一言によって、名前を知ったばかりだというのに私としんちゃんの仲は引き裂かれてしまった。しかし禁じられたとて、己を貫き通す彼の奔放な姿をもっと見たいという思いが私の中で消えることはなかった。

それからしばらく経った頃。母親が台所にいる時に居間のテレビのチャンネルを変えていると、またあのモチモチほっぺの少年が一瞬映った。

『クレヨンしんちゃんだ！』

曜日や放送時刻などの概念のない3歳児である。私がたまたまチャンネルを変えていたこのタイミングで、しんちゃんと再会できたのは奇跡的な確率と言っていい。私はすぐに居間のテレビを消し、祖父の寝室に移動した。お目当ては祖父のベッドの隣にある小さなテレビである。恐る恐る扉を開けると、運良く祖父は書斎で書きものをしていたようで、寝室には誰もいなかった。神様は私としんちゃんの再会を願っている、そう確信した。

私はテレビをつけたあと音が聞こえるギリギリまで音量を下げ、しんちゃんを探した。

『頼む、間に合ってくれ……！』

願いを込めながらチャンネルを一つずつ変えていく。画面がひときわ鮮やかに映ったかと思うと、美しい山のような曲線がドンと視界に飛び込んできた。

一目でわかった。しんちゃんのお尻だと。

器用にズボンから尻だけを突き出し、弾むように伸びやかに動き回るしんちゃん。

やめなさい！と声を荒らげる大人を意にも介さず、自分の中にある「楽しい」を優先するしんちゃん。

なんてカッコいいのだろう。

私がしんちゃんに抱いた感想は、間違いなくリスペクトそのものだった。

その後も親の前では見たら怒られるので、先述したような奇跡のタイミングが重なった数年に一度のほんのわずかな時だけ「クレヨンしんちゃん」を視聴した。子どもの頃に「クレヨンしんちゃん」を見たのは数十分に満たないが、野原しんのすけが私にもたらした影響の大きさは、読者のみなさまの前では言うまでもない。

母親が私の執筆してきたお下劣エッセイを読んだら気絶するだろう。その時はあなたの教育の賜物《たまもの》だよ、と耳打ちしながら肩を叩きたい。

明確な理由も説明もなしに抑圧されたコンテンツは大人になったら爆発する。大切なのは付き合い方なのだ。私の場合、幸か不幸か、それが「尻」だった、という話である。

4歳の家出

エムコは激怒した。必ず、かの邪智暴虐《じゃちぼうぎゃく》の母から逃げねばならぬと決意した。

初めて家出をした時のことはよく覚えている。あれは私が4歳の時だった。確か母と揉《も》めて、彼女という存在にほとほと愛想が尽きた私は、幼いながらも「この人とはもうやっていけない」と悟った。これほど馬が合わないのならやむなし。この家は母に譲り、私が身を引こうじゃないかと、母方の祖父母宅に行くことを決意した。

祖父母の家までは、車で40分かかるかかからないか。子どもながらに歩いてだと一日ではたどりつけないことを理解していた。道中いくつか高速道路の下を通るからそこで野宿をしよう。硬いコンクリートの上では眠れないから布団が欲しいところだが、そんな重いものは4歳児の筋力では持って行けない。そこで私は脱衣所にあるたんすから、床に敷く用と自分に掛ける用とでバスタオルを2枚くすねてきた。

幼稚園の遠足のために買ってもらった赤いキティちゃんのリュックサックに下着や着替えを詰める。ちいさなリュックは着替えを詰めただけでパンパンになり、キティの非力さを思い知った。このままの装備ではバスタオルを持ち歩くのは困難である。

当時私は父方の祖父母の家で暮らしており、要介護の祖母がいたため、通いでお手伝いさんが来ていた。彼女はカルピスと水を完璧に調合できるうえに話のわかる柔軟な人だったので、私は絶対的な信頼を寄せていた。そんな彼女を見込んで、私はこの一世一代の大計画を打ち明けることにした。

「私は家出をする、もうここには帰ってこない。準備のために食料と長い紐が必要だ、どうにか工面してくれないだろうか」

お手伝いさんは驚いていたものの非常に協力的で、レーズンの入ったラスクとケーキのラッピングに使われていた長いリボンを私にくれた。これ以上ない物資の提供に、子どもながらに彼女の有能さに感心した。

私はのり巻きのようにバスタオルを丸め、先ほどもらったケーキのリボンでリュックの上にくくりつけた。いつも行きたくなくて泣いて暴れているガールスカウトで得たサバイバルのノウハウがここで活かされるとは、全くもって皮肉な話である。手先は器用なほうだったので難なくこなせた。いや、これから一人で長い旅路をゆくのだ、これくらいできなくてどうする。

私がせっせと自立に向け身支度を整えているところに、一つ上の姉がやってきた。妹が荷物をとっ散らかし、めったに使わないリュックサックであれやこれやしている様子を物珍しそうに眺めながら彼女は言った。

「エムコ何やっとるん」

「家出する、ここにはもうおられん」

姉は私の発言に腹を抱えてゲラゲラと笑った。

冷やかしなら帰ってくれ、と思いながら私は手を動かし続けた。姉はひとしきり笑ったあと茶化すように言った。

「家から出て行くのはいいけど、マリーちゃんはどうするつもりなん」

姉の発言に慌《あわ》ただしく動かしていた手がピタッと止まる。

マリーちゃんとは、私が可愛がっているペットのハムスター。この家で私の唯一の友であり、家族だった。

彼女を一人ここに残すわけにはいかない。

「マリーちゃんも連れてく」

「どうやって連れて行くん、リュックなんかに入れたら死んでしまうぞ」

私は4年の歳月で培った脳みそをフル回転させ、マリーちゃんを寝床のちいさな箱に入れ両手に抱えて連れて行くことを決意した。これなら通気性も良く振動を最小限に抑えられるうえに彼女の様子を見守ることができる。

ほっと安心したのも束の間、ここでまた問題が発生する。

マリーちゃんを連れて行くということは、必然的に彼女のご飯やお世話グッズも持って行かなければならない。自分一人で文字通り手一杯だというのに、これはとんだ誤算だった。すでにリュックはパンパンで、リュックのキティからももう無理だと釘を刺されている。

私は試行錯誤の末、マリーちゃんに必要なあれこれをビニール袋に入れ、リボンで肩紐にくくりつけた。

天才だ。私はなんでもできるじゃないか、心からそう思った。

思わずアニメで見た「母を訪ねて三千里」と自分を重ねた。母を訪ねるマルコと母から逃げる私では目的が真逆だが、ペットを連れた子どもの一人旅という点では同じと言ってよい。私の場合は「祖父母を訪ねて20キロ」というところだろう。マルコは割と散々な目に遭ってかわいそうだったが、私はそんな馬鹿な女ではない。悪い大人に騙されるものか。

こうして準備は整った。

私の旅立ちをニヤニヤと見守る姉をよそに、私は靴を履いてリュックを背負い、マリーちゃんの巣箱を両手に抱えて玄関を出た。歩くたびに肩紐に結びつけたマリーちゃんのお世話グッズがガシャガシャとうるさい音を立てるが、重さはなんとか耐えられそうだった。

振り返り、4年住んだ家を見上げる。

短い付き合いだったが世話になった。私はこれから母方の祖父母の家で生きていく。

『達者でな』

そう心の中で呟き、歩き始めた。

振り返ると、見慣れた外の風景が今まで見たことがないほど明るく、キラキラと輝いて見えた。空も木も、コンクリートの道さえも、海外の絵本のような鮮やかな色彩に染まり、なんて美しいのだろうと見惚《みと》れてしまった。胸躍るまま10メートルほど歩いただろうか。最初の角が見えたところで、私は重大な問題に気がつき足を止めた。

――祖父母の家までの道がわからない。

盲点も盲点だ。いつも車で行くから、歩いて行く方向がわからない。頻繁に赴く祖父母の家までの道のりも、車道と歩道では見える景色が全く違って初めて通る道のような気がした。

私は再び振り返り、姉に向かって尋ねた。

「おばあちゃんの家ってどうやって行くん？」

姉は私の言葉を聞くなり、その日一番大きな声を上げて笑った。いくら馬鹿な私でも、馬鹿にされていることくらいはわかる。これだけ完璧な準備をしたのに最後の最後で躓《つまず》いてしまうなんて、と悔しさで涙が滲む。

「エムコ、お前何やっとるんや」

仕事を終えて帰ってきた父が、玄関の前で騒々しい娘たちの様子を見て驚いて言った。

「家出する」

私が報告すると父は、

「何を言いよるんや、この馬鹿たれが。さっさと帰りなさい」

と私の頭をパシンとはたいて家に連れ帰った。

祖父母を訪ねて20キロどころか、姉に道を尋ねて10メートルである。私の初めての家出はこうして呆気《あっけ》なく幕を閉じた。計画が失敗に終わった悔しさにひとしきり涙を流したあと、私はいつものつまらない日常に帰っていった。

家出は失敗に終わってしまったが、あの時自分の足で家を出た瞬間に見たキラキラの輝きを、私はこれからも忘れることができないだろう。

断言してもいい。あれは紛れもなく幼い私が初めて手に入れた、自由の放つ輝きだったのだ。

捨て子の生き延び方

ちいさい頃、私はよく山に捨てられた。

ヒステリックな母と我の強すぎる娘の相性は最悪で、まだ水と油のほうが同じ液体というだけ仲良くできるだろうと思う。母のＤＮＡを受け継ぎ、母親の腹から生まれているにもかかわらず、私と母は驚くほど相性が悪かった。自由がなければ息ができない私は束縛されるのが大の苦手で、ああしなさいこうしなさいとがんじがらめにしようとする母の全てが気に入らなかった。

言うことを聞かない私がさるのように本能のまま過ごし、いよいよ収拾がつかなくなった時の伝家の宝刀としてそれは起こる。

母親に首根っこをつかまれた私はギャンと車に詰め込まれ、冒頭で記した通り山へ捨てられるのだ。

母親のお気に入りの山は、我が家の先祖の眠る墓の近くだ。墓参りに行く時のルートと全く同じなので「おっ、今日はこのまま捨てられるな」とわかる。かわいい子孫がこうも頻繁にゴミの如く捨てられに来るもんだから、ご先祖様もヒヤヒヤしていたに違いない。

最初に捨てられた時はそれはそれはひどく狼狽《うろた》えたものだが、何度も捨てられるにつれ慣れてきた。

「今度こそアンタは山に捨てるからね!」

怒りに身を任せ荒々しくハンドルを切る母親と、「エムコを捨てないで」とシクシク泣きながら母親を説得する姉、張本人の癖に慣れすぎて涙も出ない私の三人を乗せた車は、なんの捻りもなく例の山に向かった。

後部座席のドアがバンと開き、再び母親に首根っこをつかまれた私は車から引きずり出される。

「もううちの子じゃない!」

捨て台詞をペッと吐き捨てた母は姉を乗せた車に戻り、ブゥンと姿を消す。お決まりのルーティンだ。最初こそ怒り狂う母の勢いにヒェェと怯《おび》えて涙が滲むものの、いなくなったらパラダイス。自由を手に入れた私は墓場の側で束の間の一人の時間を楽しんだ。母親に捨てられた悲しみよりも遥かに、自由を手に入れた喜びのほうが大きかった。

一番厄介なのは、ちいさな子どもが一人でいることを怪しんだ人が声をかけてくることだった。山に捨てられていたのは未就学児の頃だったので、一人でチョロチョロと歩き回る姿は目立ってしまう。我が家のくだらない揉め事に他人を巻き込むわけにはいかないと幼いながらにわかっていた私は、墓参りに来た人の不審げな目を感じると、さも近くに親がいるかの如く堂々と振る舞い、「おじょうちゃん、おとうさんとおかあさんは?」と話しかけてきた優しい人には、

「あっちにいます!」

とハキハキ返事をして手を振って別れた。

人の気配がなくなったところで元の場所に戻り、涼しい木の下でしゃがみ込んでアリの巣やダンゴムシを観察する。至福のひとときだ。どうせ連れ戻されるのだから、

降ろされた場所から離れすぎるのは賢い選択とは言えない。

しばらく経つと少し頭を冷やした母親が戻ってきて「これに懲りたらもう二度とするな」と忠告するので、私は「はい」でも「いいえ」でもない気の抜けた返事をしながら車に戻っていた。

母親を怒らせると捨てられるのはもう骨身に染みてわかっていたが、だからといって理不尽を受け入れられる私ではない。意に反することに従うくらいなら罰を受けても抗《あらが》ったほうがマシなのだ。

おかげでお仕置きとしてぶち込まれる押し入れがセカンドハウス、捨てられる墓場が庭と化していたが、私は押さえつけたら言うことを聞くと思われるほうが癪《しゃく》だったので存分に反発していた。

そんな私は自分のことを自立心に溢れたしっかり者と思っていたが、世間一般的にそうではないらしいと知った時はたいそう驚いたものだった。

確か小学3年生の時だったと思う。

母親と私の不仲はますますヒートアップし、ことあるごとに対立していた。母方の祖父母の家に向かう車の中、ギャイギャイと母親と揉めた私は車から降ろされ、

「アンタなんかもう知らん！　好きにしろ！」

と知らない町に置き去りにされた。この時ばかりは私も母親に対して完全に愛想を尽かしていたので、もう実家に戻ることはないと心に決めた。よし、このままおばあちゃんの家まで歩いて行っておばあちゃんの家の子になろう。そう決意したもののいつもと違う点が二つ、障害となって立ちはだかった。

ここが知らない町であること。そして車の中でサンダルを脱いでいたため、裸足だということだった。

季節は真夏、時刻はちょうど昼すぎ。灼熱《しゃくねつ》の太陽に熱された歩道のアスファルトは鉄板のように熱く、子どもの柔らかな足の裏はすぐに悲鳴を上げた。これに参った私は木陰を歩きながら避暑地を探した。

幸いにも街中で降ろされたので、少し歩いた先にあった小さな歯科医院の駐車場を避暑地に決めた。駐車場は人目につかない奥まったところにあり、建物の影が広範囲

に落ちているという好条件だった。私はその駐車場と建物の境になっている低いコンクリート塀の上に寝転んだ。アチアチになった足の裏を冷たいコンクリートの塀にくっつける。体から熱が吸い取られる気持ちのよさはまさに天然の冷えピタである。私は体の熱をコンクリートに移しながら、動ける体力が回復するまで身を休めた。

プッ！

けたたましいクラクションに何だなんだと身を起こす。どうやら私は寝てしまっていたようだ。

音の主は歯医者に来た患者の車だった。5年以上の捨て子のキャリアが、大人の怪しむ視線を素早く察知した。まずい、靴も履いていない子どもの姿は目立ってしまう。

私は寝転んでいた駐車場の塀の裏側に身を翻し、そのまま逃走した。

駐車場の裏側は住宅街に続いていた。立ち並ぶ民家が道に影を落として地面が熱くない。駐車場で休んでいる間に太陽が動いたのである。

私はそのまま人気《ひとけ》のないところまで歩き、田んぼの近くの草木が鬱蒼《うっそう》と生い茂る荒れ果てた小屋の隣で体を休めた。真夏に水なしで外を動き回るのはなかなかにしんどいものがあった。

ふと4歳の時、家出に失敗した日のことを思い出す。

あの失敗は私にとってかなりの屈辱であった。同じ過ちを繰り返す馬鹿な女ではない。近い将来必ず同じような日が来るであろうと予期していた私は、車で母方の祖父母の家を行き来するたびに、窓から見える道や建物を完璧に記憶していたのだ。

そんな日々の努力の甲斐あって、私は知っている道にさえ出れば祖父母の家までたどりつけると確信していた。そのことだけが今、靴も水もない私の希望だった。たとえ絶望的な状況でも、かすかな希望を見出せれば力が湧いてくる。野性の勘とも言うべき直感で祖父母の家の方向はわかっていたので、とにかく確信を得るまでは歩き続けるしかない。私は疲れた体に鞭《むち》を打ち、歩き始めることを決めた。

今最も必要なのは靴だ。「靴を調達しなければ先に進めないぞ」と、熱でぽってり腫れた自分の足裏から忠告を受けていた。私は休んでいた小屋のそばに生えていた天《てん》狗《ぐ》の団扇《うちわ》のように大きな葉っぱをむしり取り、パタパタと足を包んで即席の靴を作った。葉の先が四方に分かれて伸びているので編みやすく、また茎が長いため足首に巻きつけることができた。2枚では心許《もと》ないので片足に4枚くらい巻き上げ、計8枚を使って葉っぱシューズを作り上げた。長い茎を活かし紐のように編み上げたそれは、渋谷のギャルも飛びつくイカしたデザインである。お手製の葉っぱシューズを履いて立ち上がった時の感動と言ったらない。アスファルトの熱さも痛みも感じなかった。

靴を調達した私は祖父母の家を目指してぐんぐん歩き始めた。日が傾いていたので、時はすでに夕方であることがわかった。おかげですこし涼しくなってきて好都合である。

住宅街を離れ、脇に田んぼが続く長い歩道に差しかかった時、足元に違和感を覚えた。足裏をのぞき込むと、重ねた葉っぱが全てグジュグジュになっていた。葉っぱシューズの限界だった。葉っぱはどこまでも葉っぱで、靴としては機能しないことを思い知らされた。

丹精込めて作った葉っぱシューズを田んぼの脇道に捨て、気を取り直して歩こうと歩道に足をつけると、あまりの熱さに思わず飛び上がった。一日中太陽の光をたっぷり浴びていたアスファルトの熱さは、住宅街とは比べものにならない。

民家からも離れ、逃げ場のない歩道で牙を剝《む》いてきたアスファルト。夕方といえど、まだまだ熱い日差し。普通のキッズなら咽《むせ》び泣き「ママ〜」と助けを乞いそうな状況だが、私は屈しなかった。希望が胸にある限り、心は折れない。生き延びるためには強い心が何よりも必要なのだ。

私は歩道と車道を遮る柵状のガードレールによじ登った。ガードレールは2段のポールが渡っているタイプで、立ったまま手と足をかけて移動することができた。さるのショーのような光景だが、他に打つ手はなかった。背に腹は代えられぬとはまさにこのことである。アスファルトの上でこんがり焼かれるくらいなら、日光さる軍団への入団も厭《いと》わないのが私だ。

ガードレールは鉄製でひんやり冷たかったため、そのまま難なく移動できた。日が暮れれば再びアスファルトの上を歩けるのでこっちのものである。そのまま祖父母の家を目指しスルスルと移動していると、物騒な車のクラクションが聞こえた。

ブーッッッ!!

振り返るとそこには母の車がいた。まずい、見つかった。ここまで自分一人で頑張ったのに全て水の泡である。

母は車から降りてくるなり私を抱き締めて泣いた。

今生の別れを誓った母が「無事でよかった」といった旨の言葉を発しながらわんわん泣いているのである。私には一体何がなんだかわからなかった。

母は私を車に乗せ、普段なら口にできないポカリスエットやウイダーinゼリーといった甘い飲みものをたくさん与えた。私がそれらを飲んでいる間、母は携帯電話で警察に電話をしていた。どうやら私は行方がわからなくなったと通報されていたらしい。警察の世話になるなんて、なんと恥知らずで迷惑な親なのだ。

家に連れ戻されるまでの車内、こってり絞られると身構えていた私の予想を裏切り、母は別人のように優しかった。この真夏に、知らない街で靴も水も持たないなんて熱中症になっていてもおかしくない。なぜ無事なままこんなところまで移動しているのかなどと問いただされた。

私は喉まで出かかった「拾い戻すくらいなら捨てるな」の言葉をポカリスエットと一緒に飲み込み、車の中から自分が過ごした知らない街を見送った。

実らぬ恋

私の好みのタイプは、理系で賢く、何か一つの分野に非常に優れた専門性を持ち、話が面白く、ユーモアがあって人を傷つけない笑いを取ることができる、表情豊かで楽しい男だ。

「そんな男はこの世にいない」

みなが私の話を聞くたびに鼻で笑った。そんなことは私も重々承知のうえだが、夢の一つくらい見させておくれとこの野望は胸の奥に秘めていた。

短大生の頃である。ボケッとテレビを流し見していると、体中に電気が走るような衝撃とともに、ある男性に釘づけになった。そうだこの人は私の理想を完全に、いや遥かに超えるくらいに満たしているではないか。

その男性とは、そう、さかなクンである。

子どものようにかわいらしい元気いっぱいな振る舞いと、お得意の魚ジョークは見るもの全ての心をほぐして柔らかな笑いを誘う。魚に対する博識ぶりはもはや言うまでもないが、トークスキルまでもが高いので、どんなに聞いても飽きることはないだろう。数多くの肩書を持ち、大学の名誉博士に客員教授と安定しつつも将来性は抜群だ。

私は一瞬でさかなクンに恋に落ちた。

さかなクンとお付き合いができたらきっと私はさかなチャンになるだろう。その時の語尾は「ウォ（魚）～！」にしよう。

いや、そもそもさかなクンの恋愛対象は人間なのだろうか。運良く出会えて告白したとしても「ギョギョ！　わたくしの一番はお魚なのであります！」と言われてしまったら悲しすぎる。

「二番目でもいい、そばに居させてウォ……」

涙ながらに縋《すが》ろうか。など、心底くだらない妄想に耽《ふけ》っては、キャーと顔を両手で覆った。

高校の2学年上の先輩であるオットとは、私が20歳の時に再会した。同じ高校で私と同じ美術コースに所属していた彼は理想のタイプとはほど遠い男だったが、私を大切に思う気持ちが伝わってきたのですぐに付き合った。それ以降は一人暮らしをしていた私の家に転がり込んできたオットと、半同棲《はんどうせい》のような生活が始まった。

そんなオットとの結婚を決意した瞬間が二度ある。

一度目は私が原因不明の高熱を出した時だ。真夏の盛りに40度を超える熱が2日続いた私は、このままでは死んでしまうと仕事中のオットに助けを求める電話をした。オットは仕事を早退してタクシーで家に駆けつけ、私を救急病院へ搬送してくれた。点滴を打たれて気絶するかのように眠りについた私がしばらくして目を開けると、ベッドの隣の椅子に腰かけて本を読んでいるオットの姿が見えた。

仕事を早退させてまで付き合ってもらって申し訳なく思った私が、

「私はお礼にあなたに何ができるかな」

と尋ねると、オットは、

「エムコさんが元気でいてくれればそれでいいよ」

とこともなげに答えた。これが一度目の決意の瞬間である。

二度目は私が幼稚園教諭をしていた時だ。突如として現れた耳鳴りに悩まされ耳鼻科を受診すると、疲れとストレスによる急性低音障害型感音難聴と診断されたが、幸いなことに薬で治療ができるとのことでホッと胸を撫で下ろした。処方された内の一つに副作用として利尿作用のある薬があったが、仕事にさほど支障はないとして服用を続けていた。

ある日の夜、オットと同じベッドで寝ていた私は下半身に違和感を覚え飛び起きた。まさか、と思ったがそのまさかが的中しており、私はなんと21歳にしておもらしをしてしまった。隣ではオットが眠りこけている。私は幻滅される、と半泣きになりながらもオットを起こして正直に言った。

「おしっこもらした」

こんな情けない発言をしたのは幼稚園児の時以来である。私の話を聞いたオットは寝ぼけ眼を擦りながら「シャワーを浴びておいで」とだけ言った。私は言われた通り着替えを持って風呂に行き、悲しみと一緒に体を流した。

シャワーを浴び終えると、洗濯機がゴウンゴウンと音を立てて回っていた。どうやらシーツを洗濯しているらしい。一方のオットはというと、シーツを剥がしたベッドの上ですでにグゥグゥとイビキをかいて眠っていた。

先ほど彼女が尿失禁したというのに、なんと動じぬ男だろうか。これが二度目の決意の瞬間である。

その後、紆余曲折《うよきょくせつ》を経て計5年間付き合い、私が25歳、オットが28歳の時に晴れて夫婦となったのだった。オットは理想のタイプとはかけ離れた男性だが、なかなかどうして私と馬が合った。

いつかさかなクンに出会える日がきたら、その時はオットと一緒にあのハコフグの帽子をかぶって、「ギョギョ〜!」と叫んで手を振ろう。

『さようなら、私の愛した人』と心の中で呟きながら。

パステルブルーの指先

私には物心ついた時から自分の爪をむしる癖があった。

ストレスが溜まると爪をバリバリ剝がしたり噛んだりし、痛みを感じた時に落ちつくことができた。「皮膚むしり症」と言うらしいが、そんな病気だと知ったのは大人になってからだった。

幼少期は私にとって一番辛かった時期だった。

逃げ場のない家庭という閉鎖空間で、母から夢物語のような期待をされ、落胆され、叱られを繰り返して、私の心は疲れ切っていた。

結婚と同時に義理の家族との同居が始まり孤独だった母は、教育熱心なのか子どもしか拠《よ》りどころがなかったのか、あるいはその両方だったのかわからないが、私と姉に沢山の習い事をさせた。ピアノ、絵画教室、ガールスカウト、空手、レスリング……覚えていないだけでもっとあったかもしれない。とにかくありとあらゆる教室に連れて行かれた。今思うとわけのわからないラインナップだが、当時の私はもっとわけがわからず混乱した。身近な大人がそれらを楽しんでいる姿を見ていたら興味の一つも湧いたかもしれないが、そんな環境でもなく、どれもが「はじめまして、どちらさま?」の関係だった。

母からは、私たちを使って自分の存在意義を証明しないといけない、そんな切迫した気合いさえ感じられた。あらゆるジャンルの教養を身につけた模範的な子どもを求められている事実に私は何度も絶望した。求められているものが私にとっては大きすぎて爆発しそうだった。

いつもここではないどこかに行きたいと思って絵本を開いては、想像の世界に住む楽しそうなキャラクターたちが羨ましいと唇を噛んだ。私は母が望む人間になれないのだと物心ついた時から悟っていたし、絶対になりはしないとも心に決めていた。母の理想像は私ではなく〝私とは違う誰か〟に感じられてならなかったからだ。

「何一つこの人の望むようにならないようにしよう」

自然とそう思うようになったのは自分を守るためだったのだと思う。

しかしながら幼い子どもにとって、母という存在はこの世の全てだった。母の発言は絶対で、それがストレスとしてのしかかった私は自傷を繰り返していたのだろう。爪を噛みちぎり、爪が剝がれた指先から血が滲むと安心した。その後どっと押し寄せる痛みが、私の不安をかき消してくれるような感覚だった。

「痛いのは嫌だけど、痛いと思っている時は痛いってことしか考えられないんだな」

腫れ上がる10本の指先を見ながら、そんなことを考えていた。

それほどまでに当時は母親が自分に干渉する全てが嫌だった。楽しかった記憶は一人で遊んでいる時や、母から離れて祖父母と過ごしている時のものしかないのがそれを物語っている。

その後も20年以上、一人でいる時にその癖が抜けることはなかった。ストレスから爪をむしったあとは慌てて整え、「もう二度としない」と誓うが数時間経てば繰り返す。そんな情けない生活が続いた。

自分の醜い指先が嫌いだったし、そんな指先にしてしまう自分は何よりも醜くて大嫌いだった。

数年前のある日、ネットでこの爪を治す方法を調べていたら、とあるネイルサロンのホームページにたどりついた。写真を見ると、自分のような癖を持つ人が別人のような美しい指先の持ち主へと変貌を遂げていた。

住所を調べると、運命的なことにそのネイルサロンは家から徒歩圏内にあった。震える指で予約のメールを送った。

ネイルサロンに行くと、背筋の伸びた凜々《りり》しい女性が迎えてくれた。彼女は私の爪を見るなり全てを察した。あまり多くは語らなかったが、

「必ず綺麗な手元にします」

そう言い切ってくれた。私は込み上げる涙をこらえながら頭を下げた。藁《わら》にも縋る思いだった。

ネイリストさんは私の全ての指先にちょこんと載った数ミリしかない爪を整え、慣

れた手つきでジェルを塗った。ジェルでコーティングされることによって爪の強度が増し、自傷は物理的にできなくなった。

家に帰り指先を見る。短い爪に載ったジェルは笑ってしまうほど不細工で滑稽だったが、私を守ってくれる盾のようで心強かった。心がざわつくと無意識のうちに触る爪が今では硬い鎧《よろい》を纏ってびくともしない。最初はなんの問題もなかったが、長年の習慣になっていた気持ちの鎮め方を奪われ、次第に激しい不安が襲いかかった。今すぐ剝ぎ取りたいと思うこの気持ちが消えますように、とお守り代わりに持ち歩いていた保湿剤を塗り込むことでなんとか耐えた。

私の葛藤をよそに爪はすくすく成長し、そのあまりの成長ぶりにネイリストさんも驚いていた。

「保湿剤が効いたのでしょう、ケアを頑張りましたね」

ジェルをオフしたあと、伸びた部分に新しいジェルが載せられ、長くなっていく爪。だんだん自分の手ではなくなっていくような気がした。

2週間ごとに通ったネイルサロン。2カ月経つ頃には人前に出しても恥ずかしくない爪になっていた。

私の変化に誰よりも驚いていたのは当時付き合っていた今のオットだった。彼には、私が爪をむしるたびに、言葉では言い表せないような切ない表情をさせてしまっていた。

オットは日を増すごとに綺麗になっていく私の手をさすりながら、何かに祈るように言った。

「これから、ネイルを楽しめるようになるといいね」

彼なりの『もうしないでほしい』の言葉だったのだろう。そんな彼の姿を見た時、ストレスが溜まっても自分だけで抱えるのはやめようと思った。自分の抱えきれないものは捨てたり、誰かに持ってもらったりしてもいいのだと知った。

痛みではない自分の慰め方を知った時、私は爪をむしることをやめた。

その年のクリスマス。オットはCHANELの包みをプレゼントしてくれた。中には4色のマニキュアが入っていた。

「エムコに似合うと思った色と、俺の好きな色を選んだ」

オットが好きな色は淡いパステルブルーだと初めて知り、私もその色が大好きになった。

今でも、自分とは違う形でも自傷をしている人の傷を見ると、その人の気持ちが自分の中に濁流のように流れてくる気がして、なんの関係もないのにボロボロと泣いてしまう。何もできないけれど、その人を想うと涙が止まらない。救いになるような言葉をかけてあげたいけれど、自分自身にかける言葉がないように、きっとその人に届く言葉なんて私にはないのだ。

今の私は、あの時の自分が羨ましくて唇を噛むような、そんな楽しい大人になっているだろうか。もしもそうなれていたら、パステルブルーに塗った指先で、あの頃の私を抱き締めてあげたい。

結婚式に来なかった姉

私は2018年の秋、家族だけのちいさな式を挙げた。我が家は父、母、姉、私の四人家族。そして唯一のきょうだいである姉は私の結婚式に来なかった。

姉は私の1歳上、私とは年子である。血を分けた間柄にもかかわらず、姉と私は何もかもが対照的だった。利発で思慮深く愛想がよい姉と、傲慢で短絡的かつ人見知りの激しい妹。きっと私は姉が「これはいらんな」と母の腹に捨てたものを掃除するために生まれてきたのだろう。

姉は幼少期から本が大好きだった。うちの親は子どもに与える本にはお金を惜しまなかったため、欲しいと言いさえすれば買ってくれていたように思う。私は残念ながら本にはまるで興味がなく親にねだることすらしなかったが、姉はその制度をフル活用し、タイトルを見るだけで頭痛がするような小難しい小説を買ってもらってはその世界に没頭していた。

本を読む人は頭がいいと巷《ちまた》ではよく言うが、姉も例に漏れず賢く育った。ここまで書いて改めて痛感したが、同じ環境で育ったはずなのにえらい差である。きょうだい間の学力差に悩む全国の保護者には安心してもらいたい。

賢い中学を受験し、賢い高校に進学し、賢い大学にストレート合格を決めた姉は卒業後、地元でも名の知れた大企業に入社した。親族中が「さすがお姉ちゃんだ」と彼女の功績を讃えた。

ところが事態は一変する。

姉は1年とちょっとで大企業を退職し、着の身着のまま上京したのだ。今まで誰もが羨む完璧なレールの上を走ってきた真面目な姉が切ったとんでもない舵に、私を除く家族は震撼《しんかん》した。私にとっては大企業の受付に座っている姉の姿を想像するほうが違和感があったので、特に驚きはしなかった。

姉の上京に関して私は直接聞いたわけではない。突然の大企業退職をオイオイと嘆く母から聞かされたのだ。私たち姉妹は不仲ではないが、よっぽどのことがない限り連絡を取り合わない。おそらく姉にとっては退職も上京も、その〝よっぽどのこと〟に入らなかったのだ。

それから1年以上経った頃、姉から連絡がきた。〝よっぽどのこと〟が起きたのだろう。あまりの珍しさに慌ててスマホを握った。

メッセージにはこう記してあった。

「A社に助監督として採用が決まった」

A社とは世間に疎い私でも知っている、日本でもトップクラスに有名な映画の製作会社である。何がどうしてそうなったのか私には状況がつかめなかったが、詳しく話を聞くと、どうやら姉はとんでもないチャンスの巡り合わせの末、その座をつかんだのだという。

かくして姉は地元大企業の会社員から、映画やドラマの助監督に転身した。これも姉から直接聞いたわけではないが、きっと映画やドラマの製作に携わることは彼女の長年の夢だったのだろう。好きな映画やドラマのDVDは、小学生にとっては目玉が飛び出るほど高価にもかかわらず貯金をはたいて収集していたし、原作本があれば即購入して徹底的に読み込む姿は、私が一番近くで見ていた。A社は、そんな姉が最も好きな作品を製作していた会社なのだ。

寄り道が長くなってしまったが、話を私の結婚式に戻そう。姉はその頃、撮影で東京と地方を行ったり来たりする多忙な日々を送っていた。結婚式に来られないことはわかっていたが、姉妹なのに声をかけないのもおかしいので一応日時を伝えた。

姉からの返事は、

「行けたら行く」

だった。気乗りしない飲み会を断る常套句《じょうとうく》を妹の結婚式の誘いで言い放つとはさすがである。ただ、私もハナから当てにしていなかったのですんなり了承した。

後日姉から吉報が届く。

それは「私の結婚式に参加できる」というものではなかったが、間違いなく吉報だった。

「都合をつけようとしたけど、念願のドラマの担当に決まった。エムコの式の5日前から撮影の打ち合わせが始まるので行けない。ごめん」

そのドラマとは先述した、姉がちいさな頃から熱狂していた作品の新シリーズだったのだ。姉の夢の、そのまた夢が叶ったというわけだ。

私の結婚式などどうでもよい。

「おめでとう、がんばれ！」

そう言うと、姉は「向こうのご親族にもよろしく言っといてくれ、来てないけど姉がいますって」と言い残し、忙《せわ》しない日々に戻っていった。

２０１８年、秋。私の結婚式。

当然姉は来なかったが、私は寂しいとも悲しいとも思わなかった。むしろここにいない彼女もまた自分の人生の門出に立っているのだと、勝手に誇らしい気持ちになった。

それから数カ月後、姉から何通かのメッセージと、一つの動画が送られてきた。

それは姉の携わった憧れのドラマのワンシーンだった。俳優さんの演技の合間に小道具の雑誌がほんの数秒映る、普通に視聴していれば気にも留めないであろう、なんてことのないシーンである。これは一体なんなのだと思ってよく見返したら、その雑誌には結婚して変わった私の新しい名前とともに、

「どうかお幸せに」

と書いてあった。

今でもその回を録画したデータは消さずにいる。たった一瞬だが作品として未来永劫《えいごう》残るそれは、私の忘れられない思い出であり、結婚式に参列できなかった姉が私にくれた、秘密の餞《はなむけ》なのだった。

結婚式の招待状

私がオットからプロポーズされた時、一番に報告したのは親でも姉でもなく、高校時代の友人だった。

高校で出会い、同じ部活に入り、家庭科の授業では私のしぶといプロポーズに折れ結婚と子育てまでしてくれたマミは、高校時代に最も長い時間をともに過ごした友人である。もう一人仲の良い友人のミクとともに、大人になった今も私たちは三人で毎月のように会っている。

私が二人に「婚約指輪をもらった」と写真つきで連絡すると、マミからは「そうだろうと思った」と返事が届いた。プロポーズは私の誕生日、そろそろ結婚の話が持ち上がるだろうと踏んでいたらしい。彼女にはなんでもお見通しである。

マミは当時ウエディングプランナーとして働いていた。仕事で毎日のように起きる結婚式のあれやこれやに奔走しており、たとえ休日でも仕事の電話がかかってくれば対応していた。高校時代は私の突拍子もないおふざけを指さして笑っていた彼女が社会人として真面目に働いている姿を見た時、私たちの間に流れた月日の長さを思い知った。

結婚が決まってすぐ、私はマミに呼び出された。

「婚約おめでとう」

「ありがとう」

今更そんなに畏《かしこ》まらずとも、と、こそばゆいような恥ずかしいようなやり取りを交わしたあと、マミは大きなトートバッグから分厚い紙の束を取り出した。

「披露宴をするかせんかは別として、エムコが好きそうな雰囲気をリストアップしてきた」

紙をめくると、ナチュラルかつシンプルで、私の急所を撃ち抜くような素敵な式場とテーブルウェアの一覧が印刷されていた。思わず「プロポーズされたら、ゼクシィ！」と有名なキャッチコピーを叫び、天に拳を突き上げたくなるような興奮が襲いかかる。マミの手作りの資料に目を通してひとしきり盛り上がったあと、私はチクリと痛む胸を押さえながら意を決して言った。

「こんな披露宴憧れるけどさ、私は身内だけのちいさな式にしようと思ってて。神社で神前式をするってオットとも話したんよ」

こんなに熱の込もった資料を作ってもらった手前申し訳ないが、私は一般的な披露宴をする気はなかった。家庭の事情が複雑で親族間のトラブルも多く、とてもじゃないが友人たちを招いていつものように楽しい私の姿を見せることができる気がしなかったのだ。

私の家の事情をマミは全て知っている。彼女は、

「そうかー、エムコの披露宴に行くの楽しみやったんやけどな」

と残念そうに言った。申し訳ないと思いつつも、そう言ってくれるマミの気持ちは嬉しかった。

「でもドレスは着たいし写真に残そうと思ってる！　神社の式と一緒にサポートしてくれるところ探しとるんよね」

私がそう言うと、マミは職場の知り合いを通じて貸衣装屋を紹介してくれた。実際に紹介された貸衣装屋に行くと、スタッフの方から「マミさんのご紹介なので」と、どの衣装を選んでも追加料金がかからないというひっくり返るような待遇を受けた。オットも私もマミが持つコネの力に震えたが、これも彼女の人脈と日頃の信頼の賜物なのだろう。私はマミのおかげで、自分たちの予算ではとても手が届かなかった最高級のドレスと白無垢《むく》を選ぶことができた。

結婚式の日取り、挙式する神社、そして衣装が決まり、あとは式を待つだけになった。私が挙式までの日々をのほほんと過ごしているとマミから一本の電話がかかってきた。

「結婚式の招待状は準備した？」

開口一番、マミからの予想外の言葉に、思わずあんぐり開いた口から間抜けな返事が漏れる。

「えー、してないよ。だって来るのは私の家族と祖父母と向こうの家族で10人もおらんのよ。口頭で伝えたからもういいやん」

私がヘラヘラと話すとマミは真剣な声色で言った。

「良くない。たとえ身内でも〝娘、孫の結婚式に行ったんだ〟って思い出に残るものは残してあげんと。招待状にはそういう役割もあるんやから」

マミにピシャリと言われ、なるほどと思うと同時に私は自分の適当さを反省した。思えばこういったやり取りは高校生の時からずっとである。私のダメなところを叱ってくれるのはいつもマミだった。

「ちゃんと用意する、近々！」

私はそう宣言して電話を切った。

それから数日後、私はまたしても突然マミに呼び出された。

約束の場所で待っていると、仕事終わりの彼女はちいさな体をヒールで支え、コツコツと規則正しい音を鳴らしながら歩いてきた。スーツをピシッと着こなしたその姿からは、仕事のできる女のキラキラしたオーラが放たれており、私の知っているマミではないような気がして少し眩《まぶ》しかった。

私たちはカフェに入り、いつものようにコーヒーを飲みながらくだらないおしゃべりをした。ひとしきり話したあと、マミがふうと一息つき、真剣な表情で口を開いた。

「エムコ、まだ招待状の準備なんもしとらんやろ」

漫画だったらベタ塗りの背景にデカデカとした白い文字で〝ギクッ〟と書いた吹き出しが飛び出しているであろう。図星も図星、電話を切ってからの数日間、私は何もしていなかったのである。ここまでお見通しとは、恐怖を超えて清々《すがすが》しさすら感じてしまう。

「おっしゃる通りまだなんもしとりません」

「だと思った」

私が白状すると、マミは手に持っていた紙袋から数枚の紙を取り出した。

それは〝私の〟結婚式の招待状だった。

いかにも高級な紙で作られた表紙、結婚式の案内と挨拶が書いてある中紙、封筒、シール、そして宛先の数ぴったりの慶事用切手までが完璧に用意されていた。

「これ、どうしたん……」

言葉を失う私にマミはカラッとした口調で言った。

「さっき印刷屋さんで印刷してきた。ねぇ見てこの表紙の柄、かわいいやろ？　エムコが好きそうやな〜って思ってすぐ決めたんよ」

動揺を隠しきれない私をよそにご機嫌で表紙を見せるマミ。

厚手の高級紙にはくすんだピンクとパープルの小花が円を描くように印刷されていた。落ちついた色合いと紫陽花《あじさい》に似た小花は、私の〝大好き〟を体現したかのようなテイストである。私のことは本当になんでもお見通しなのだ。

「どうせ書き方わからんって言って出すの面倒くさくなるやろ」

またしても私の核心を鋭く突き刺すマミ。

どうしてそれをと狼狽える私に、マミはもう一枚紙を差し出した。

その紙には宛名の書き方と一緒に、誰にどう出すか、いつまでに出すか、そして招待状のマナーの全てが手書きで記されていた。

それからはまるで高校時代のテスト前に戻ったかのように、招待状のあれこれについてみっちりと説明を受けた。彼女が手書きした紙に目を落とす。高校生の頃から変わらない、懐かしいマミの丸っこい字。私に向けてくれる眼差しも当時から何も変わっていないんだな、と感謝の気持ちを噛み締めながらマミの字を眺めた。

印刷代や切手代、招待状を準備するのにかかった費用は全部支払うと何度も言ったがマミは頑として受け取ってくれなかった。


そして結婚式当日。

「エムコちゃんおめでとう」

この日を楽しみに待っていた母方の祖母が、支度を済ませた私のいる控室にやってきた。彼女の手にはマミが作ってくれたピカピカの招待状が握り締められている。お守りじゃないんだから、と笑ってしまうと同時に、今まで見たことのない表情を浮かべる祖母の姿に、私も違う意味で胸が詰まる。

本当に申し訳ないんだけど、と事情を話し、マミだけでなく友人は誰も招待しなかった。

歴史ある神社の本殿で、家族だけの、小さなちいさな式が始まる。

今私がこうして綺麗な衣装を身に纏い、この場に立っていられるのはマミをはじめ友人たちのおかげだ。式が進行する30分の間、私はオットと始まるこれからの人生のことなんかこれっぽっちも考えず、今まで私と一緒に過ごしてくれた友人のことをずっと思い出していた。本当は一番に結婚式に呼びたかったし、披露宴にはおいしいごちそうを用意して、楽しい時間を過ごしてほしかったのに。自分のわがままを最後まで通してしまったという後悔は、こんな時でさえ消えることなく私の胸に残り続けた。

「おめでとうございます。これからの人生お二人で力を合わせて、お幸せに」

結婚の儀式を終えた宮司さんが私たちに祝福の言葉をかける。ずっと前を向いていた私たちが礼をして振り返ると、式を挙げていた本殿の外にある賽銭箱《さいせんばこ》の隅のほうで、マミとミクがハンカチで目元を押さえながら手を振っていた。

彼女たちは忙しいなか休みを取り、こっそり私の挙式の様子を見にきていたのだ。

私は白無垢を両手でたくし上げながら本殿から降り、二人のもとに駆け寄った。

マミとミクは涙を流して笑っていた。

「ほんとに綺麗やねぇ」

私もきっと鏡のように、二人と同じ顔をしていただろう。

友だちとは結婚のように書類で結ばれる契約でもなければ、親きょうだいのように否応なく決まった関係でもない。あくまで「私たちって友だちだよね」というお互いの認識だけで成り立っている、実に不確かで脆《もろ》い関係だ。その触ることのできない透明な縁に色をつけてくれる友人に恵まれた私は、このうえない幸せ者なのである。

あれから5年の月日が流れ、各々の生活環境もガラリと変わった。私とはまた違った複雑な家庭環境で生まれ育ち、家族のために生きることが多かったマミも、今ようやく自分の人生を歩み出そうとしている。そんな彼女に私は一体何ができるだろうか。

彼女は何も言わないが、マミが辛い時に周りを頼れない性格であるのは、私にだってお見通しなのである。

いつかマミが私を頼ってくれる日が来ますように。そしてそんな日が訪れないほどに、マミが毎日を楽しく過ごせますように。矛盾した二つの思いを胸にしながら、私は今日も大切な友だちの幸せを願っている。

せんせいって、だれのこと

私は短大卒業後、幼稚園教諭として幼稚園に就職した。

初めて担任したのは年中（4歳児）クラスだった。

20歳の私が4歳の子どもたちから「せんせい」と呼ばれるのは、少し居心地が悪かったのを今でも覚えている。先生といえば「なんでも知っている、頼りになる人」というイメージだ。あなたたちと16歳しか変わらないのに、専門の勉強も2年しかしていないのに、私は先生になれているのかな。楽しい先生でいたいと思う反面、いつもそんな思いが心のどこかに引っかかっていた。

個性豊かな子どもたちはみんなかわいくて、思い出はどれも一生の宝物だが、なかでも私が忘れられないのがタクミ君という男の子だ。

タクミ君は温和で優しい男の子だった。セイヤ君という愉快なクラスのムードメーカー的な男の子と仲良しで、いつも彼の後ろについて行っては一緒に遊んでいた。

私が勤めていた幼稚園では毎月、その月の出来事を絵にする時間があった。5月ならこいのぼりをモチーフに選び、子どもたちと一緒に歌を歌ったり、実際にこいのぼりを見に行ったりして、その思い出を絵に残すのだ。

ほとんどの子どもたちは思い思いにクレヨンを走らせていたが、タクミ君だけは違った。

タクミ君が苦手なこと。それは絵を描くことだった。画用紙を前にするだけで硬直し、クレヨンを持つと大きな目から涙がボロボロと溢れた。どうやら年少の時かららしい。「描きたくない」とも「嫌だ」とも言わないが、椅子に座ってクレヨンを握り、ただ静かに涙を流し続ける彼の姿に私は戸惑った。

私はものづくりが大好きだったので、子どもたちには表現の場で絶対に嫌な思いをさせたくなかった。幼少期に強く嫌な経験を味わうと、それがトゲとなって突き刺さり、あとから抜いて傷を癒そうとしても一筋縄ではいかないと身をもって知っているからだ。

涙を流すタクミ君に、無理に描かなくても大丈夫だよ、と伝えたうえであらゆる提案をしたが彼は首を横に振り続けた。

唯一彼が首を縦に振ったのは「先生といっしょに描く?」という声かけだった。苦肉の策だったがこれも成功体験になればと思い、クレヨンを持つタクミ君の手を握り、一緒に絵を描いた。涙は止まったが、出来上がった絵を見るタクミ君の目はどこか寂しそうだった。

タクミ君とのやり取りの中で、彼の涙が、自分だけ描かないのは嫌だがどうしても描けないという葛藤に苦しんで流れていると知った時、私は教師として彼を苦しみから救う術を見つけることのできない自分がたまらなく情けなく、悔しかった。そして子どもたちから「せんせい」と呼ばれるたびに、『経験豊富な先生のほうがあなたたちのためになっただろうに。私が先生でごめんね』と、申し訳なく思う気持ちが強くなった。

その後も同じような状況が続いた。次こそは何か変わるかもしれないと信じて、本を読んで得た知識や先輩の先生からもらったアドバイスを元にさまざまな関わり方を試したが、タクミ君の気持ちを動かすことはできず、白い画用紙の前でポタポタと涙を流すタクミ君のそばに寄り添うことしかできなかった。

思い詰める私のところにある日、ムードメーカーのセイヤ君が自分のお絵かき帳を持ってきた。

「ねぇせんせい、みてみて。これはセイヤのかんがえたロボットでね、うでがドッカーンってとんでいくの。すごいでしょ」

自分の描いた絵について楽しそうに説明するセイヤ君を見て微笑ましく思うのと同時に、私はあることを思いついた。私はタクミ君とセイヤ君を机に呼び、お絵かき帳を持って隣に座るよう促した。真っ白なページを開いて、クレヨンを握るセイヤ君と私はおしゃべりを始めた。

「セイヤくんが描いたロボットかっこよかった、どこが飛んでいくの？」

「うでだよ！　こーやって、とんでくの。そしたらここにあるいえがばーんってこわれて、みんなびっくりしてにげろーっていうの」

会話をする中でスルスルとクレヨンを走らせるセイヤ君。

「タクミ君は何色が好き？」

私がタクミ君に尋ねると、赤と答えた。そこですかさずセイヤ君が、

「あかかー！　ならタクミくんのロボットはあかね！」

と赤いクレヨンを握りぐるぐるとロボットらしきものを描いた。私はその後も二人とおしゃべりを続けた。赤と青のぐるぐるが紙の上で楽しく暴れていく様子を、タクミ君はニコニコと笑って眺めていた。

次の月の絵を描く時間、私は二人が隣同士になるように机に誘った。タクミ君は真っ白の画用紙とクレヨンを前にいつものように固まっていたが、私は彼には触れず、前回のようにセイヤ君とおしゃべりを始めた。この月のテーマは、先日行った芋掘りの思い出だ。セイヤ君は自分が掘ったお芋の一つがあまりに大きくて嬉しかったこと、あとはちいさいのしか取れず悲しかったことなどをしゃべりながらクレヨンを走らせた。タクミ君はセイヤ君の話を聞きながら、紫色の丸が彼の画用紙いっぱいに並ぶのを眺めている。

「タクミ君はどんなお芋が掘れた？」

私がタクミ君に尋ねると、彼は初めて自分のクレヨンを握り、自分で画用紙に長細い丸を描いた。

私は息を呑んだ。

「ほそいのしかほれなかった」

「あーっ！　タクミくんのおいも、ながくておもしろかったんだよねぇ！」

私が口を開くより先にセイヤ君がしゃべった。この時タクミ君にかけてあげたい言葉はたくさんあったが、きっとこれでよいのだ。私は二人の会話に相槌《あいづち》を打ち、それで？と聞きながら絵を描く様子を見守った。

タクミ君の画用紙には細長い丸が一つ、あとはセイヤ君の真似をして描いたちいさな丸がたくさん並んでいた。私がタクミ君の絵を見ながら、

「タクミ君の掘った長いお芋、先生も食べたかったな」

と言うと、タクミ君は、

「ママがやいてくれた、おいしかったよ」

と笑った。

この出来事以降、タクミ君が絵を描く時に涙を流すことはなくなった。自分の思いのまま描く、というよりはほとんどセイヤ君の真似っこのような絵だったが私はそれでも十分だった。友だちと自分の気持ちを共有して、楽しいと思いながら形にする喜びを知ってくれたのだ。絵を描くにはその気持ちが何よりも大切だと私は思う。

幼児教育の勉強をする中で「先生の一番の先生は、子どもたちですよ」と何度も耳にしたが、私はこの時初めてこの言葉の意味を「せんせい」として理解することができた気がした。

春が来て進級した彼らは年長となり、私の手を離れた。

次の作品展で目にした年長さんたちの力強い絵の数々。その中でひときわ優しいタッチで描かれた柔らかな色使いのタクミくんの絵は、今でも私の心の一番見晴らしのいい場所に飾っている。

うんちソムリエ

私には大きな声では言えない特技がある。それはうんちの匂いを嗅ぎ分けることだ。自分のこの能力に気がついたのは幼稚園を退職し、保育園で保育士として勤務を始めてからだ。0歳児12名のクラス担任になった私は、一日の3分の1以上をトイレで過ごす毎日を送っていた。

月齢によって差はあるが、一人当たり毎日大体6～10回はトイレでオムツを換えたり、オマルでの排泄《はいせつ》を促したりする。一度トイレ係として腰を据えると次から次へとオムツを湿らせた子どもが入ってくるので、私が一日で換えるオムツの合計は50枚をゆうに超えていた。

うんちが出ている子どもはシャワー台に連れて行き、お尻をぬるま湯と石鹸で洗い流す。新しい布オムツに交換した子どもを他の保育士に託したあとは、汚れた布オムツを水で軽く洗い、専用のボックスに入れる。これがオムツ交換の流れだ。

ミルクしか飲んでいない赤ちゃんはともかく、離乳食が始まった子どものそれは大人と大差ない立派さである。形状や色、匂いなどがその子の健康状態をありありと物語るので、便の観察は保育士の大切な業務の一つであり、私は状態を細かくチェックしていた。

元気なうんちなら良いものの、下痢や軟便の時は注意が必要である。なんらかのウイルスによる病気の可能性があるため、早期発見ののち速やかに対処しなければならないからだ。集団で生活する子どもたちにとって感染症は脅威である。流行はできる限り食い止めたい。なんらかの感染症が疑われる下痢がオムツから漏《も》れ出ていた時の保育室の惨状たるや、筆舌に尽くし難いのだ。

その緊張感から習得したと思われるのが、冒頭で記した「うんちの匂いを嗅ぎ分ける」能力だ。そしてこの能力は私の保育士人生で、二度の進化を遂げることになる。

最初に開花したのは、「閉塞したクラス内で、誰かのうんちが出ている」ことに気がつく能力だった。

この能力は同じクラスの担任保育士から評判が良かったし、何よりオムツかぶれを防いだりトイレトレーニングのチャンスになったりと子どものためになるので、会得した時は我ながら誇らしかった。お尻から「こんにちは」と便が頭を出しかけている状態でトイレに連れて行きオマルで排便できようものなら、保育士たちは喜びのあまりリオのカーニバル顔負けのお祭り騒ぎである。地道な成功経験を重ねることが、オムツ卒業への大きな一歩なのだ。

この能力は次に「誰かのうんちが出ていることが室外でもわかる」よう進化した。今までは室内の話だったが、園庭など戸外の風が通り抜ける広い空間でも、わずかな匂いの変化に気がつくことができるようになったのだ。

外遊びは子どもたちにとって思いきり体を動かすことのできる大好きな時間。排便してもお構いなしで滑り台を楽しんだりするので、保育室に戻る時にはお尻どころか背中まで大変なことになっている、なんて事態を未然に防ぐことができるようになったのだ。

室外でもうんちの匂いを察知できるようになった私は、最終的に「誰のうんちがどのような状態で出ているかまでわかる」ようになった。

100％私の直感なので、便の香りで個人をどのように特定するのか言葉にするのは難しいのだが、確かに〝わかる〟のである。これはもう毎日毎日赤ちゃんとそのうんちに向かい合ってきた私の日々が産んだ賜物と言っていいだろう。

『この独特の酸味のある香り……アミちゃんの下痢の匂いがする』『ミルクの豊かな香りの中に混じる鮮烈な渋み……コウくんの軟便の匂いがする』

これがわかればクラス中の子どもたちを調べずとも、ピンポイントでその子をトイレに連れて行くことができるので革命的な時間短縮につながるのだ。下痢や軟便は漏れ出る確率が非常に高いので対処に一刻を争う。清潔になって気持ちよさそうな子どもの表情を見るたびに、自分の能力を人の笑顔のために使うスーパーヒーローのような気持ちになっていた。

かくして私は「うんちソムリエ」として他の保育士から絶大な信頼を得て、子どもたちの健康と保育室の清潔を守っていたのだ。

保育士を辞めた今、この能力のことはすっかり忘れていたが、先日友人とその息子（生後10カ月）と買い物に行った時に彼の排便を3回ともピシャリと言い当てることができたので、まだまだ衰えていないのだと気がついた。

いつかまた保育士として勤務することがあれば、特技として履歴書に是非とも書きたい能力だ。同業者にしかこの特技の重要性をわかってもらえないのが惜しいところである。

姉からの鉄槌《てっつい》

姉が結婚式に来なかった話をＳＮＳに書いたおかげで、姉に対する評価はインターネット上で爆上がりしてしまった。これについては姉から感謝の印として私に金一封包んでもらってもおかしくないのに、未だにその気配がないのが不思議でならない。

あのエッセイが評判になったおかげでテレビの出演依頼や取材が舞い込み、しばらく私のＳＮＳは慌ただしい日々が続いた。私は身バレを防ぐため顔出しをしない、本名を明かさないと決めているので全て丁重にお断りしてしまったのだが、このエピソードはこんなにもメディアに注目されるような出来事だったのかと、私も姉も驚いたのだった。

私が溢れる愛をもって大変お上品な文章で書き記してしまったがゆえに、読者の方は姉に品行方正なイメージを持ってしまわれたかもしれない。大変申し訳ないのだがそれが勘違いであるということをお伝えするために今泣く泣く筆を取っている次第である。

私と姉は年子だ。ほぼ2歳差だが学年は一つしか変わらなかったのでちいさい頃から同じような条件で育てられており、その最たるものが習い事だった。姉妹で教育格差が起きないようにという母の方針で、どんなに興味のない習い事も姉とセットで連れて行かれた。たとえ血のつながった姉妹とて、言ってしまえば自分とは違う心を持った他人。興味関心も全く違うので、幼いながらにこれは「なんていらん世話なんだ」と迷惑に思っていた。

そんな我が家の方針と、姉が格闘技に強く興味を持ったこと、また家から歩いて1分足らずのところに道場があるという悪条件が重なり、4歳の私まで極真空手を習うハメになってしまった。

ご存じない方に説明すると、極真空手とは組手、いわゆる寸止めなしの殴り&蹴り合いのある格闘技である。本気の拳や蹴りが肉体を撃つその迫力は、ひらがなも書けないちびっ子の私がビビり散らかすのには十分すぎた。

当たり前だが殴られるのも蹴られるのも痛い。好き好んで痛い思いをする人の気が知れない私は数回通ってすぐに音を上げ、祖父の膝に縋ってオイオイ泣いた。これは今思い返しても当然だなと思う。

しかしその競技を目をギラギラさせ舌舐めずりしながら楽しむ変わり者がいた。

そう、それこそまさに私の姉なのだ。

姉は幼稚園生の頃から極真空手にのめり込み、殴り殴られを繰り返しながら日々そのポテンシャルの詰まった体を鍛え上げていった。彼女のちいさな身から溢れ出す闘争心たるや、争いのない平和な時代に生を受けてしまったことに同情さえ覚える。できることなら狩猟時代や戦国時代に生まれ、その命を思う存分燃やしてほしかった。

忘れもしない、姉の初試合の日。

立派な戦闘狂に仕上がった齢6の姉は、審判の開始の合図とともに対戦相手の女の子の顔面に右ストレートをぶち込み、一瞬で反則負けの退場を食らった。極真空手は蹴りの顔面は有効だが、拳による突きの顔面は反則なのだ。

観戦していた両親があっと声を漏らし立ち上がる姿、殴られた頬に手を当て泣き叫ぶ相手の女の子の姿、なぜ途中で試合を止められてしまったのか理解していないアドレナリンどぱどぱの姉。会場の騒然とする様子は20年以上経った今でも鮮明に覚えている。

そんな血気盛んな姉は恐ろしいことに、その後も研鑽《けんさん》を積み、丈夫な肉体に更に磨きをかけていった。

私が中学生の頃の話である。私が和室で騒いでいたせいで怒り狂った姉が、襖をスパーンと開け、「うるせぇ!」と文字通り殴り込みにきた。その姉の迫力たるや、作画でたとえるなら〝刃牙《バキ》〟としか言いようがない。死を悟った私が防御の姿勢を取る前に、初試合で女の子を号泣させた姉の伝説の右ストレートが私の鳩尾《みぞおち》を完璧に捉えた。

私は激しい痛みとともにそのまま意識を失った。

それから何時間経っただろうか。私は目覚めると暗闇の中にいた。意識はあるのに視界が真っ暗で何も見えない。

「死んだ」

私は死後の世界にいると確信した。

遠くにうすぼんやりと、天に向かってまっすぐ伸びる光が見える。きっとあれが天国の入り口なんだ。そう直感した私は腹の痛みを抑えながら光を目指して匍匐《ほふく》前進で進んだ。急所にダメージを食らうと痛すぎて立てないことを学ぶ。【きゅうしょにあたった!】の一文とともに今まで私のゲーム画面で散っていったポケモンたちの苦しみが身に沁みた。

どうにか光源までたどりつき、まばゆい光に向かって手を伸ばすと、指先が硬い壁のようなものを捉えた。これが天国の扉か。最後の力を振り絞ってその扉に手をかけると、それは我が家の和室の襖だった。

なんと姉は気絶した私を心配することなく放置し、ご丁寧に電気を消して襖まで閉め、妹の存在をまるごとなかったことにしていたのだ。こんな大事件にも慌てない姉の肝っ玉には震え上がった。こやつもやはりスパイの孫。普通自分の正拳突きで妹が意識を失ったら動揺するだろうに。

私が自分の悪行を棚に上げ、死ぬかと思ったと姉に訴えると、彼女は表情の一つも変えずに言い放った。

「死なん程度に手加減しとるに決まっとるやろ」

その日を境に、我が家に姉妹ゲンカがなくなったのは言うまでもない。

最近久々に姉と話す機会があり、この話をすると「全く覚えてない」とケラケラ笑っていた。笑いごとではない。かなりの年数が経ったので覚えてないのは仕方ないとしても、やっていないと言いきれるかどうかはその鍛え抜かれた分厚い胸板に手を置いてよく考えてほしいと妹の私は思うのだった。

（当たり前ですが格闘技をやっている人間が一般の人を殴ったり蹴ったりするのは言語道断、本来決して許されない行為です。姉もこれ以降していません。この時は怒らせた私も悪いので同罪です。みなさんは絶対に真似しないように！　暴力反対！）

いい夫婦

11月22日。いい夫婦の日に、このエッセイを書いている。

こうしてエッセイをSNSで公開するようになってから何度か「エムコさんとオットさんは理想の夫婦です」とのぶったまげそうなお言葉を頂戴することがあった。どうやら私たちは相当な仲良し夫婦に見えるらしい。

私はオットへの軽口は叩けど、悪口は書かないと決めているため必然的にエッセイは良さげなエピソードばかりになる。オットが人様の目から良く見えるのは当たり前かもしれないが、天《あま》の邪鬼《じゃく》な私にとってそれはそれで癪である。一見仲睦《むつ》まじく見えるかもしれないが、私とオットはしょっちゅうケンカをしている至って普通の夫婦なので安心していただきたい。

私は誰に頼まれたわけでもなくこうしてくだらないエッセイをシコシコ書いている

が、オットにもハガキ職人として文章を紡ぐ趣味がある。

彼はラジオネーム「名作！　風で股が寒か郎」、通称「またさぶ」として日々面白エピソードの執筆に精を出している。その採用率たるや時々ラジオ局から粗品が送られてくるほどで、彼の珍妙な語り口と文章構成はラジオパーソナリティさんから「どうかしてる」とのお墨つきをいただいている。

「また採用されたよ」と報告してくるオットの顔は、いたずらが大成功した子どものようだ。きっと私もエッセイが注目されるたびにオットに対してこんなふうに鼻の穴を膨らませているのかもしれない。

私の読者さんからしたら彼は「潮井エムコ」の夫で、ラジオ局からしたら私は「名作！　風で股が寒か郎」の妻なのだと思うとなんとも馬鹿らしい気持ちになれてよい。

今日11月22日はいい夫婦の日だが、だからといって何か特別なことをするわけでもなく、我々は各々自由な夜を過ごしている。

私たちはお互いの時間に干渉しない。昨夜オットが「明日の夜は鍋焼きうどんを食べに行きたい」と言ったので、「それなら私は家でシーフードカレーを作って食べようかね」と自分の好きな予定を立てた。

同じものが食べたい時は一緒に出かけるし、気分が乗らない時は各自で行動する。私は鍋焼きうどんよりも、オットが苦手で普段は食卓に出ることの少ない魚介類を使った料理が食べたいのだ。もちろんオットの食べたいものを尊重して付き合う時もあるが、オットも私の「普段我慢しているものを食べたい」という気持ちを尊重してくれるので、私たちは仲良く一人でいられる。

私はオットを見送ったあと自分のために大好きなシーフードカレーを作ったが、魚介を入れる前にベースのスープを小鍋に移し、オットの大好物であるチキンカレーも同時に作った。帰ってきて小鍋をのぞき込んだオットが「これは俺のカレー?」と喜ぶ姿を見たいからだ。きっとオットも鍋焼きうどんを食べたら、私の心が浮かれるようなちょっとしたお土産を買って帰ってくるだろう。彼もまた一人の時間を楽しんだら、私にもその楽しい時間のお裾分けをしてくれるのだ。

束の間の一人の時間のあとはまた二人の時間がやってくる。心が燃え上がるような刺激もなければ、彼の考えていることがわからないと不安になることもない。

淡々と繰り返されるこの何気ない日々は、私たちが夫婦でいる限りこれからもずっと続いていくのだろう。

いい夫婦がどんな形であるかに明確な答えなどない。だからこそ自分たちの性格や考え方で最適な形をつくりあげることができる。許し許されるこの柔らかな関係が、何より心地良い。

そんな私たちにとっては、相手のいない時間の中でお互いの存在を形取っていく瞬間を持つことが、ちょっとした幸せであり、いい夫婦の形なのかもしれない。

義父とメダカ

結婚ともれなくセットでついてくる義理の両親とのお付き合い。今でこそ仲良しなものの、私も最初は苦労したものである。

ちいさい頃は近所に子どもがほとんどおらず、大人に囲まれて過ごしていた私は年上の人としゃべるのは得意なほうだと思っていたのだが、その自信は義父の前では見るも無惨に打ち砕かれた。義父は私が生まれて初めて出会った、無口なおじさんだったのだ。

無口なおじさん。私の身の回りにいたおじさんはもれなくおしゃべりだったので、このタイプは私がコツコツ収集した人間図鑑のデータになかった。ここにきて今まで無縁だった新キャラの登場は、私が長きにわたり培ってきたリズムをことごとく乱した。

義父、オット、私。

居心地の悪い義実家の居間で、私の苦手な無言の時間が続く。この沈黙を破ることができるのは共通点であるオットしかいないにもかかわらず、奴は自分の実家というホームグラウンドでのびのびくつろいでいて、ソワソワしている私の姿など眼中になかった。

『アンタが話題提供しながら場を回すのが筋ってもんだろ！　この場だけでいいから明石家さんまになれよ！』

という思いを込めながら睨《にら》みを利かそうとするも、鈍感なオットには全く通じない。もういい、我慢の限界だ。お義父さんになんだこのおしゃべりクソ野郎はと思われてもよい。私がこの場を回してしゃべる。雑談とはこういうもんだと私の背中をオットに見せてやろう。

相手の興味のある話題を提供し、会話に発展させ、親交を深める。雑談とはいわば口頭で行うゲームのようなもの。私は義父と心の将棋を指すべく、居間を見渡し話題を探した。すると部屋の隅に、無数のメダカが悠々と泳ぐ立派な水槽が目に入った。

そういえば先日オットとの雑談で、義父はメダカを繁殖させて育てるのが趣味だと小耳に挟んでいた。データを収集していて本当に良かった。それ見ろ、雑談は思いがけないところで役に立ってくれる。

私はここで泳ぎ回るちいさな生き物に思いを託し、勇気を振り絞って歩《ふ》を進めた。

「いや〜、かわいいメダカちゃんたちですね。ここまで立派に育てるのってやっぱり難しいんじゃないですか？」

「餌《えさ》やっとけば勝手に育つよ」

終了。メダカは餌やっとけば勝手に育つらしい。ここでメダカの育て方トークを引き出そうと思ったが無念。私の歩はすぐ義父に取られてしまった。

だがここでめげる私ではない。すぐに次の手を打つ。

「へ、へ〜！　意外と簡単なんですね！　餌は何をあげているんですか？」

「メダカの餌」

そうですよね、メダカはメダカの餌を食べますよね。

次のターンも何の成果も得られず終了。いや、全ては私の提供した話題が悪い。私の中にメダカの引き出しがなさすぎるのだ。スカスカな引き出しの中に唯一入っているメダカも吉本新喜劇の〝池乃めだか〟しかいないもんだからまるで役に立たない。今目の前に『一冊ですべてがわかる！　楽しいメダカの世界』みたいな本をぶら下げられたら札束を叩きつけてでも手に入れたであろうに。

淀《よど》んだ空気を入れ替えるために再度周囲を見渡す。するとメダカの水槽の隣にタッパーに入った大きなマリモの姿を見つけた。水の中でふわふわ踊るマリモの姿は、きっとお義父さんの日々の疲れを癒しているに違いない。

マリモ、あんたに私の全てを託すよ。私はマリモという切り札で王手をかけた。

「お義父さん、マリモも育ててらっしゃるんですね！　大きくて立派ですねぇ」

「それ、汚れた水槽のフィルター」

投了。たとえ将棋のタイトルを総ナメにしている藤井聡太でも義父の切り返しは想定外だったろう。なぜ汚れた水槽のフィルターを別容器に大切に入れているんだ。義父のトリッキーな一手に敗れた私は、雑談なんてチョロいと舐めていた己の慢心を恥じ、その後帰宅するまで口と心を閉ざした。

オットから聞いた話だが、義父は私が帰ったあと、義理の母や妹に、

「今日はエムコさんが来てとても楽しかった」

と言っていたらしい。

よくよく話を聞くと、義父は一見寡黙でクールに見えるのだが、しゃべることは好きだという。なんじゃそれ！とひっくり返ったが、私との会話が嫌ではなかったことを知り、ほっと胸を撫で下ろした。

もっと肩の力を抜いて、リラックスした状態でお義父さんとの会話を楽しもう。再び義実家を訪ねる用事ができた私は、前回の反省と決意を胸に門を叩いた。

居間に入ってさっそく義父母にご挨拶をする。相変わらず寡黙なお義父さんと悠々自適に泳ぎ回るメダカの水槽にウッと前回のトラウマがよみがえったが、今度は義父のほうから口を開いた。

「エムコさん、庭に来てみらんね」

行きます！　行きますとも。喜んでお供します、と食い気味で返事をし、庭に出る。

庭には大きな晩白柚《ばんぺいゆ》や枇杷《びわ》の木が茂り、お義父さんが管理しているという立派な畑

には野菜と花々が植わっていた。野菜なら私も幼稚園教諭時代に仕事で育てていたことがあり、引き出しも多い。今度こそ会話に花を咲かせるぞと意気込む私を尻目に、お義父さんは庭の奥へとずんずん進み、畑の奥にある藤棚の下で立ち止まった。急いであとをついて行くと、そこには水の入った大きな水槽がいくつも並んでいた。

私の脳裏にはまさか、と同じ3文字の小魚が泳いだ。

「これ全部、メダカ」

不安は的中した。私が前回あまりにもメダカをこねくり回したもんだから、義父の中で私はメダカに興味津々な女になってしまったらしい。私が興味があるのはメダカではなくお義父さんなのに、とんだ誤算である。

先日の一件でメダカは私の宿敵になってしまったが、お義父さんの愛するメダカを理解せずして、お義父さんの心に歩み寄ることはできない。ならば私の答えは一つ。喜んでなろう、メダカ好きの女に。

「すごい！　たくさんいますね！」

私はメダカが大好き、ノーメダカ、ノーライフ。

そう自分に言い聞かせながら水槽を見渡す。よく見ればメダカは模様によって水槽が分けられており、なかには黒いものや錦鯉のように鮮やかな色を放つものもいた。ちいさな水槽に日本庭園を思わせるような奥行き、なるほど奥の深い世界である。

「この水槽には生まれたばかりの赤ちゃんがいるよ」

義父が地面に直置きされた水槽を指さす。どれどれと尻を落としてしゃがみ込んだ瞬間、私はギャッと声を上げて飛び上がった。

「エムコさんどうした？」

「イエ！　なんでもありません！　赤ちゃんかわいいですね！　アハハ！」

不審がる義父の目はなんとか誤魔化したが、この時私の身には非常事態が起きていた。

背後にあったメダカの水槽に気がつかず、しゃがみ込んだと同時に水槽の中に尻を突っ込んでしまったのだ。パンツとワンピースが尻に貼りつく不快感が、私に「ビチャビチャやで」と絶望を伝える。

紺色のワンピースを着ていたため、一見すると水に濡《ぬ》れたとわからないのが不幸中の幸いだったが、再び居間に戻り座るよう促されたら一巻の終わりである。「メダカの水槽に尻を突っ込んで尻がずぶ濡れなんです」なんて言おうもんなら、オットから死ぬまで馬鹿にされるに違いない。

私はその後義父に「畑の草むしりを手伝わせてくれ」と懇願し、照りつける太陽に尻を突き出して懸命に乾かした。季節が春で本当によかった。

咄嗟《とっさ》の機転で死線をくぐり抜け、家に帰るなり疲労で布団に倒れ込む。死体のような私を尻目に、オットは言った。

「お父さんが、エムコのことすごくいい子だねって言っていたよ」

我が行いに一片の悔いなし。そう言葉を遺した私は、拳を空に突き上げたまま静かに息絶えた。

走れ！　たとえ痴女と思われようとも

『風呂はデカければデカいほど気持ちがいい』が私の持論である。

以前住んでいた家から徒歩5分程度の場所にスーパー銭湯があったので、月に一度の贅沢としてオットと一緒に通っていた。岩盤浴で老廃物をブリブリに炙《あぶ》り出したあと、大浴場の露天風呂に浸かりながら夜空を眺める。そして風呂から上がったあとは食事処でキンキンに冷えたドリンクで喉を潤し、お金のことは一切考えず好きな食べものを頼みまくり、ささやかな宴をするのだ。仕事の嫌なことを全て忘れられるこの時間は、過酷な日々を生きるためのなくてはならないルーティンの一つになっていた。

その日も私は月に一度のご褒美にスーパー銭湯を訪れていた。岩盤浴からの入浴という老廃物ブリブリ排出コースを済ませたあと、芯まで温まった体をタオルで拭いた。

館内着は無料でレンタルできる。ワンピースや浴衣など、好きなスタイルが選べるところもお気に入りのポイントだ。かわいい柄の浴衣も捨てがたいが、私は突然の尿意にも迅速に対応できるよう上下に分かれた甚兵衛タイプを好んで着ていた。

下着を身につけて甚兵衛を羽織ると、火照った体が更に熱を纏った。まだ暑いから、下のズボンはドライヤーを済ませてから穿こう。私は手に取ったそれをロッカーに戻し、先に脱衣所の端にある洗面台で髪の毛を乾かすことにした。

至れり尽くせりのスーパー銭湯なのだが、ドライヤーの風力だけはなんとかならないだろうか。いら立ちを堪えながら一向に乾かぬ髪に鼻息程度のわずかな熱風を当て続けていると、洗面台の鏡越しに2歳くらいの女の子を連れたお母さんとおばあちゃんが入ってきたのが見えた。

親子孫3世代でスーパー銭湯なんてうらやましいなぁと微笑ましく思っていると、服を脱いだ女の子がトタトタと歩いて洗面台のほうにやってきた。色とりどりの容器に入った化粧品に大きな鏡、ずらっと並ぶ椅子たちは幼い彼女の目には新鮮に映るのだろう。子どもが近くにいると、周囲に危険がないかどうか警戒してしまうのは保育士の職業病である。女の子の様子を目の端に入れながら髪を乾かしていると、服を脱いだお母さんとおばあちゃんが迎えに来た。

「サキちゃん、ばぁばと一緒に大きいお風呂に入ろうねえ」

サキちゃんと呼ばれたその女の子は、お母さんたちが服を脱ぐほんの数分間にこちらに来たのだろう。ホッとした私が視線を前に移すと、鏡の端から端を何かがシュッと横切った。慌てて振り返ると同時に、女性の悲鳴が脱衣所中に響いた。

「サキちゃん！　お風呂はそっちじゃない!!　だめ!!」

女の子はお母さんとおばあちゃんが手を離した一瞬の隙をつき、脱衣所の出入り口めがけて駆け出したのだ。お母さんが必死に呼び止めようとするが、女の子は振り返らない。２歳児は本当にこういう突拍子のない動きを見せる。

出入り口の先は男性客もいる休憩所だ。

女の子はすっぽんぽん、お母さんもすっぽんぽん、おばあちゃんもすっぽんぽん。

慌てたおばあちゃんがタオルを前に当てて追いかけようとしていたが、見えてはいけないあらゆるものがはみ出まくっている。動けるのはかろうじて下着と甚兵衛（上）を纏った私しかいない。

「私が連れてきます！」

勝手にそう判断した私はお母さんとおばあちゃんに声をかけ、返事を聞く前に走り出した。

脱衣所の出入り口は、暖簾《のれん》越しに中が見えないようカクカクと曲がり角のあるつくりになっている。私は二つの角で鋭いモンキーターンを決め、休憩所に飛び出した。

休憩所にはベンチで休んでいる客が数人いた。あたりを見回すがちいさな女の子の姿はない。一体この数秒の間にどこに行ってしまったのだろうか。私がキョロキョロしているとお店のスタッフさんが声をかけてきた。

「お客さま、下のお召し物が……」

そんなことはわかっている。ダボダボの甚兵衛のおかげでギリギリ下着は見えていないので許してほしい。今は一刻を争うのだ。

「2歳くらいのちいさな女の子見ませんでしたか？」

私がスタッフさんに尋ねると、脱衣所の奥から先ほどのお母さんの声が聞こえてきた。

「ごめんなさい～！　いました！　ありがとうございます！　大丈夫です！」

飛び出てきた痴女に注意しようとするスタッフさんに『そういうことなんで』とアイコンタクトを送り、コソ泥のようにシュッと暖簾を掻き分け脱衣所に戻る。女の子は二つ目の角の隅にあった館内着の返却ボックスと壁の隙間に隠れていたようだ。

「お騒がせしてすみません、ありがとうございました」

お母さんとおばあちゃんはペコペコと何度も頭を下げて謝っていた。全裸で謝るお母さんとおばあちゃん、パンツ一丁で気にしないでくださいと宥《なだ》める私。スーパー銭湯ならではの異様な空気である。今度こそ浴場に消えゆく三人を見送り、私は再びドライヤーを手に取った。

『下着穿いていて良かったな……』

自分の呆《ぼ》けたツラを眺めながら髪を乾かしていると、鏡越しに後ろを往来する人たちの中に一つの違和感を覚えた。出入り口に一番近い洗面台を使っている私の後ろに裸の人が映ることはまずないのだが、出入り口の方向に裸のおばあちゃんが横切っていくではないか。

つい先ほど修羅場をくぐり抜けた私の勘はなぜかとても冴え渡っていた。鏡から裸のおばあちゃんが完全にフェードアウトした瞬間、嫌な予感が確信に変わった私はドライヤーを放り投げ、出入り口めがけて走り出した。

「そっちお風呂じゃないでーす！」

幸い一つ目の角を曲がる前におばあちゃんを食い止めることができ、痴女は再び、休憩所を襲撃せずに済んだ。危うく先ほどの私を超える大惨事だったというのに、人生の大先輩はこんなアクシデントも「アラやだ～！」の一言で済ませてしまうのだから頭が下がる。

風呂上がりの脱衣所では何が起こるかわからない。誰かを守りたければ、まず自分の大切なものを守っておかねばならない。

おばあちゃんを救ったあと自分のロッカーに直行した私は、『どうか三度目がありませんように』と祈りながら、取り出したズボンに足を通した。

4月のママチャリロードレース

保育に携わる者にとって目が回るほど忙しい季節。それが春である。

本来であれば厳しい寒さの冬が終わり、心地よい陽気に尻の一つや二つ振りたくなってしまうところではあるが、残念ながらそんな心の余裕は全くない。

小学校への進学を目前に控え、希望に満ちた瞳を輝かせる年長さんの姿を見送り「昔はあんなにちいさかったのに……」と涙した直後に、『こんな見ず知らずの場所で過ごすなんて不安でたまりません、私を早くパパとママのところに返してください』という要求を泣き声に乗せた新年少さんたちがやってくる。そんな子どもたちの喜怒哀楽が凝縮された春は、保育者にとってかなりの体力を消耗する季節なのだ。

子どもたちが親元を離れ、新しい環境にようやく慣れてくれた頃にやってくるイベントが家庭訪問である。不安でいっぱいなのは子どもたちだけではなく、送り出す保護者も同じ。そこで園と家庭での生活の様子を共有し、保育者と保護者の両方で子どもの理解を深める目的で家庭訪問を行うのだ。

　家庭訪問は保護者側もたいそう気が張る一大イベントだと拝察するが、保育者にとってもかなり骨の折れる業務となっている。まず家庭訪問のために設定された限られた期間の中で、保護者の希望日に合わせたスケジュールを組まねばならない。この手のパズルのピースを嵌《は》めていくような作業が、普段「なんとかなるっしょ」のどんぶり勘定で生きている私にとっては酷な業務なのだ。

　クラス全員分のアンケートと地図を目で反復横跳びしながら、何度知恵熱で脳みそが沸騰しそうになったかわからない。同じ地域に住む家庭をまとめて訪問できたら楽なのだが、お仕事をされている保護者の事情を汲《く》むとどうしてもそううまくはいかない。A地区を回ったあとで一人のためにB地区に行き、またA地区にトンボ帰りすることもザラである。

　更に、通園バスを運行している園の校区は広範囲にわたる。車通勤の先生は愛車で家々を回るが、車はおろか運転免許すら持っていない私は、相棒のママチャリでなんとかしなければならない。

いよいよ家庭訪問の期間が始まった。保育を終えて子どもたちを見送ったあと、「ご自宅に伺う時はスーツで」という園からのお達しに従い、持参したパンツスーツに着替えた。普段Tシャツにジャージといった動きやすさ100%の格好で過ごしているからか、久々に袖を通したスーツの可動域の狭さに不安が募る。運動靴からパンプスと、これまた自転車に乗るには適さない装備品を身につけ、園を出た。

今日のノルマは7軒。1軒当たりの訪問時間は10分、これに移動時間が加わるので、2時間強で7軒を回り切らねばならない。心の中に松岡修造を宿し、「できる！　できるぞ！」と気合いを入れてママチャリに跨《また》がり、最初の家を目指してペダルを漕《こ》いだ。

4月も末になると日中はかなりの暑さになる。黒いスーツが日光を吸収するせいで暑さが体へダイレクトに伝わり、1軒目の前からすでに汗が止まらない。ドロドロの顔面を汗拭きシートで拭い、インターホンを押す。

「こんにちは、〇〇幼稚園の潮井です」

私が名乗っている最中に、ドアの向こうからバタバタと喜びを足音に乗せた子どもが飛び出してきた。

「わー！　せんせいだー！」

さっきまで一緒に過ごしていたのに、まるで私とは数年ぶりの再会かのように喜んでくれている。自分の幼少期を振り返ってみると、先生と幼稚園ではなく家で会うという感覚はどこか特別で嬉しかったのを思い出す。まさか自分が先生の立場になり、こうして家庭を訪問する日がくるとは。子どものキラキラした瞳に先生としての私が映っていることが、我ながら感慨深い。

「先生わざわざお越しいただいてありがとうございます、ささ、どうぞ〜」

遅れてやってきたお母さんが来客用のスリッパを履くように促してくれるのだが、事前に配布した手紙で家庭訪問は玄関先での立ち話のみと案内している。一度お宅に上がってしまうとどうしても話が長くなり、予定している次の訪問先へ遅れが生じてしまうからだ。

「申し訳ありません、ご自宅の中にはお邪魔しないことになっておりまして。お話はこの場で結構ですので……」

そう言って丁重にお断りするも「暑いので中に」「飲み物を用意してますから」「子どもと楽しみに待ってたんです」などと言われることもある。事情を説明し、ご理解いただけるよう心を砕くが、この時お母さんたちよりもガッカリしているのが子どもである。すっかり落胆しきった子どもから送られる、『こんなに融通の利かないヤツとは思わなかった、見損なったよ』という視線はなかなか辛いものがある。

軽い雑談のあとに園での様子を伝え、お母さんからの質問に答えていると10分なんてあっという間に経ってしまう。次の訪問先を考えるとキリのよいタイミングでお暇《いとま》したいところではあるが、真剣な話題になればなるほど切り上げるのが難しい。

よって、次の訪問先に間に合うための解決策は「押した時間分めちゃくちゃ頑張ってチャリを漕ぐ」しかないのだ。

さっそく1軒目で5分オーバーしてしまった。慌ててチャリに跨ったところで、次の訪問先が長い登り坂の上にあることを思い出し愕然《がくぜん》とする。平地や下り坂では移動手段として重宝するチャリンコも、登り坂の前ではただの鉛のように重い塊。ヒィコラと押して登ったんじゃ間に合わないので、歯を食いしばりながら立ち漕ぎで坂を攻める。春の日差しがジリジリと首筋を焼き、汗がカッターシャツの間を流れていく。

短大生の頃、保育科の先生から、

「保育職はなんでも屋さんです。必要があれば農家にコックに俳優、大工さんにだってならなきゃいけない。その覚悟をしていてくださいね」

と言われたが、まさかロードレーサーにまでならなきゃいけないとは思わなかった。

息が上がりすぎて喉から血の味がする。全身を振り子のように揺らしながら坂を登りきり、生まれたての子鹿さながらの足取りで2軒目のインターホンを押した。

出迎えてくれたお母さんは、化粧が剝がれ落ちた汗だくの担任の登場にドン引きの様子だった。1軒目と同じ押し問答の末、玄関先で近況報告をし合う。時間通りの夕イミングで切り上げようとしたところで、お母さんが、

「これ、今日先生に召し上がっていただくつもりで準備していたんです。なので……」

と言いながら、ポンと私の手に何かを置いた。

いちごのソースがかかった品のあるチーズケーキが、私の手のひらの上でお行儀よく座っている。

「せっかくなんで持って帰ってください」

動揺のあまり「ケーキを直で!?」という言葉が口からまろび出そうになった。フィルム越しとはいえ生ケーキが手のひらに直で載ってしまった以上、お返しすることはもちろんカバンの中に入れることもできない。

「ありがとうございます、お言葉に甘えていただきますね」

こうなったらもうそう言うしかない。玄関のドアが閉まったあとは急いでチャリンコに飛び乗り、チーズケーキを片手にむしゃむしゃと食らいながら次を目指した。

気分はまるで家庭訪問という競技に出場しているアスリートである。

『レアチーズケーキでよかった。ベイクドチーズケーキだったら喉に詰まらせていたな』

そんなことを思いながら3軒目を目指す。

手のひらのチーズケーキを胃に流し込み、3軒目につく頃には時間は15分も押していた。

「あらー先生、汗だく！　大変ね〜！」

３軒目は上に４人のお兄ちゃんがいるご家庭だった。

「次もあるんでしょ？　大変ねー。うちの子どう？　元気にやってます？　ならよかった！　これからもよろしくお願いします〜」

ベテランお母さんはこれまで何度も家庭訪問を経験しているため話がサクサク進む。必要なやり取りを終えたあとは特に質問もなく、あっという間に終わってしまった。これで押した時間を調整できる。お礼を言い、家をあとにしようとすると、

「先生！　これ持ってって！」

パシッと手渡されたのはペットボトルのポカリスエットだった。

「冷えてるから！　暑いけど頑張ってね！」

炎天下で汗だく、チーズケーキで喉がカラカラの今、これ以上なくありがたい差し入れである。お母さんの心遣いに胸がグッと熱くなった。

「お母さん……！　ありがとうございます！」

お礼を言ってからキャップを外して飲み口にかぶりつく。大塚製薬の汗と涙の結晶が毛細血管の隅々まで沁みわたった。

『私、絶対に今日の家庭訪問をやり遂げてみせます！』

お母さんの粋な計らいに感謝しながら、次の訪問先に向かってペダルを漕いだ。

4軒目以降は若干の遅れはあったものの、比較的スムーズに訪問を終えることができた。これまでの自転車の走行距離は7〜8キロといったところか。距離自体は大したことないが、自転車に乗っている間は常にスプリント状態であったため全身は疲労困憊《こんぱい》、ヘロヘロのプゥである。最後の7軒目にたどりつく頃には、いただいたチーズケーキとポカリスエットのエネルギーも完全に消費しきっていた。

最後のお宅はお母さんがお仕事で忙しくされているご家庭だった。普段なかなか話す時間が取れないため、ゆっくりお話できるようあえて最後に設定した。

ご自宅に伺うとお母さんから中に入るよう案内され、最後だからとお言葉に甘えることにした。お母さんの念願だったという新築の立派な一軒家は、モデルハウスのようにピカピカだった。廊下の壁には子どもの写真がたくさん飾られている。写真の中の、今よりもずっとちいさい教え子がご家族の腕に抱かれる姿を見て、思わず口角が上がる。

和室に通された私は用意されたフカフカの座布団に正座し、園での様子を伝えた。得意なこと、興味のあること、今頑張っていること。かわいい教え子の話なんて、時間さえあればいくらでもできてしまう。お母さんも安心した様子で、家庭訪問は和やかに進んだ。

15分ほど話しただろうか。そろそろお暇します、と立ち上がろうとするとつま先から太ももに向かってジワジワと痺《しび》れが上がってきた。チャリを漕ぎ続けて乳酸がパンパンに溜まった足で正座をしていたもんだから、すぐに治るような生易しい痺れではない。先ほどまでとは違った嫌な汗が背中を伝う。

不穏なジワジワはあっという間にビリビリへと変わり、股まで達して両足の感覚を奪った。お母さんから散々「足を崩してくださいね」と言われていたのに、見栄を張って「大丈夫ですよ」と断ってしまったため、ここで足が痺れているのを悟られるのはいくらなんでも恥ずかしすぎる。

骨盤を捻って感覚のない片足を前に出し、体重を預けた勢いでもう片足を前に出して進む、という不自然極まりない格好でなんとか歩行を進めるも、痺れのピークが訪れてついに一歩たりとも動けなくなってしまった。

「先生、大丈夫ですか?」

私の異変に気がついたお母さんが心配そうに声をかけてくれた。私は一度張った見栄をしまうことができず、「全然大丈夫です!」

と笑ってごまかした。玄関へと案内してくれるお母さんの背中を見ながら足を前に進めようとするが、歩くどころか両足で立つことさえもままならなくなった私はバランスを崩し、前方に倒れ込んだ。目の前には新築を象徴するかのようにパンッと張られた障子がスローモーションで飛び込んでくる。ここを突き破ることだけはあってはならないと上半身を丸め、柔道の受け身のような体勢で畳の上に転がった。

バターーン!という大きな音を聞きつけたお母さんが玄関から私のもとへ飛んで帰ってきた。

「先生本当に大丈夫!?」

もう言い訳はできないと察した私は畳の上に四肢を投げ出し、無様に転がったまま白状した。

「すみません……足が痺れて……」

お母さんは笑いながら起こしてくれ、こんなことなら最初から素直に言っていればよかったと見栄っ張りな自分を反省した。

帰り道、夕日が沈んでいくさまを横目で見ながらママチャリを走らせる。家庭訪問は始まったばかり。あと3日も同じような日が続くと思うと、ふくらはぎの辺りがシクシク痛む。

このまま自宅に帰ってしっかり患部を冷やし、十分な食事と睡眠を取って明日の夕イムアタックレースに備えたいところではあるが、園に帰ったら教材の準備が、帰宅後は明日の保育の指導案の作成が待っている。やはり4月のこの時期は忙しすぎて、あの時短大の先生が言った通り、自分が一体なんの職業についているのかわからなくなるのだった。

ひろみちおにいさんといっしょ

みなさんは「おかあさんといっしょ」をご存じだろうか。

ご存じない方のために説明すると、「おかあさんといっしょ」は、NHKで放送されている幼児向け教育エンターテインメント番組である。

私もその昔、毎日「おかあさんといっしょ」を見ていた子どもの一人だ。とびきりの笑顔で楽しい歌やダンスを見せてくれるお兄さん、お姉さんたちの中でも、特に大好きだったのが、ひろみちお兄さんだ。

ひろみちお兄さんは第10代体操のお兄さんとして、1993~2005年に活躍した体操のインストラクターである。私と同世代からしたらキングオブお兄さんと言っても過言ではない。「おかあさんといっしょ」には歌のお兄さんもいたが、途中で入れ替わりがあったので、私にとってはひろみちお兄さんこそが変わることない「お兄さん」だったのだ。

ひろみちお兄さんを象徴するものの一つとして、番組の最後に踊る体操「あ・い・うー」がある。この「あ・い・うー」は未だにカラオケで歌い踊る私の十八番だ。私と同世代の人に限定されてしまうのが残念だが、盛り上がらず気まずい合コン等では非常におすすめなので勇気を出して一曲目に入れてほしい。テンションがブチ上がるうえに歌いながら柔軟体操もできるので肩慣らしにもってこいだ。

そのうえ「あわてたアヒルが、あ!」「あ!」といったコール&レスポンスも満載なので、密かに狙っているシャイなあの子も自然に参加してしまうだろう。あとは我々の幼き日々に刻み込まれたビートに身を任せて歌って踊ればよい。最後にはみんなで肩を組み「いいないいな! なれたらいいな!!」と叫ぶ仲になれるはずだし、その後は「彼女に(彼氏に)、なれたらいいな……」と告白までもがスムーズにいくこと間違いなしだ。

大きく脱線してしまったので話を戻そう。そう、何はともあれ私たちの世代にとってひろみちお兄さんは特別な存在だったのだ。

それは私が幼稚園教諭として働いている時。

主任から「夏の運動会に向けての研修会があるから一緒に行かない？」と誘われた。

この場合の返事は「はい」か「ＹＥＳ」しかない。

自主的な研修会の参加は自費、そして休日に行われるため休みは返上である。年度始めで大忙し、ヘロヘロな毎日を過ごしていた私は「いいですね！」と言いつつも内心「行きたくねえ〜！」と泣いて暴れていた。

だが、渡されたその研修会のチラシに目を通すとその気持ちは１８０度変わった。

なぜなら、その研修会の講師はひろみちお兄さんこと佐藤弘道さんだったからだ。

渾身の「行きます！」の返事とともにボールペンを走らせ、申込書を即提出した。

ひろみちお兄さんに会えるんだ……。

「おかあさんといっしょ」は、応募で当選した一般の子どもが番組に出演することができる。当時テレビの向こうでひろみちお兄さんと一緒に映る子どもたちに「好き勝手しおって、ひろみちお兄さんに失礼なやつらだ。私が代わりに踊ってやるからやる気がねぇなら帰りな！」と嫉妬の炎を燃やしていた私にとって、これ以上ない幸せな機会である。

そして待望の研修会がやってきた。

みながひろみちお兄さんの登場を今か今かと心待ちにする中、軽快な音楽が鳴り響く。バァン！と扉が開き、勢いよく飛び出してきた鮮やかな黄緑色に光る物体の眩しさに、私は思わずウッと目を背けた。

「こんにちはー！」

聴き慣れた声に恐る恐る目を開けると、その黄緑色の物体こそが他でもない、ひろみちお兄さんその人だった。会場からキャァ〜！と歓声が上がる。

私は目を疑った。

そこには私が子どもの頃と何一つ変わらないひろみちお兄さんがいたからだ。黄緑色の細身なジャージを完璧に着こなすその体は日々研鑽を積んでいるスポーツマンのそれだとすぐにわかるし、健康的な小麦色の肌にハイライトのように映える真っ白い歯は彼がテレビの世界の人間であることを私に教えてくれた。

ジャージの胸元には「23」の白い文字が光っている。私はその数字が持つ意味をすぐに察した。「(お)兄さん」であると。

あまりの徹底ぶりにヒェェと腰が抜けた。こんなにビビッドな黄緑色が似合うのは茹《ゆ》でたての枝豆かひろみちお兄さんしかいないと思わせるのは、明るいジャージの発色にも負けない太陽のような笑顔があるからである。ひろみちお兄さんの圧倒的な「お兄さん力《ぢから》」の前では20~60代の参加者もみんな子どもに戻ってしまうから恐ろしいものである。

現役時代と変わらないはつらつさ、よく通る声とキレのある動き。我々は童心に帰り、ひろみちお兄さんの一挙一動を真似て踊った。

運動会で使える体操や年齢別のダンスをたくさん教えてもらい、滝のような汗をかきながら研修会は幕を閉じた。

研修会の会場の端では物販が行われていた。ひろみちお兄さんの著書である体操指導の本の数々が並び、今ならそれにサインしてもらえるという。私はクラスのかわいい子どもたちのため、そしてお世話になっている幼稚園の役に立てばと、その中から本を一冊購入した（決してひろみちお兄さんのサインが欲しいからではない。決して……）。

椅子に腰かけサインを書いてくれるひろみちお兄さん。汗をかいたその姿さえも、先ほど会場の誰よりも激しく動いていたとは夢にも思えない、シャワーを浴びたあとのような爽やかさだった。

緊張しながら本を渡す。笑顔でそれを受け取ったひろみちお兄さんは油性ペンを走らせた。

「ひろみちお兄さんを見て育ちました」

私がポロッと思いの丈を漏らすと、ひろみちお兄さんはサインの手を止め私の顔をじっと見た。そして顔をクシャッと綻ばせ、噛み締めるように言った。

「おおきくなったねぇ」

その瞬間、私とひろみちお兄さんの間に21年分の風が通り抜けた。

日本中にいる、かつて子どもだった大人たちにとってこんなに嬉しい言葉があるだろうか。

ひろみちお兄さんは、もちろん私のことなんて知らない。しかしその言葉は嘘偽りなく真っ直ぐで、私が一方的に感じていた親しみにそっと寄り添い、「君のことをずっと見ていたんだよ」と頭を撫でてくれたような気がした。

感無量とはこのことだろう。

茹でたてプリプリの枝豆を食べるたびに私はひろみちお兄さんを思い出し、自分が大人になったことを二重の意味で噛み締める。

何年経っても何歳になっても、ひろみちお兄さんだけは永遠に私の、いや、私たちのお兄さんなのだ。

あとがき

こうして自分の人生を一冊の本という形で振り返る日が来るなんて誰が想像できただろうか。

エッセイを書き始めたのは2021年の2月頃。

本を読むのは苦手、文章を書くのはもっと苦手。そんな自分をなんとかしなければと思う出来事がいくつか重なり、重い腰を上げて文章の練習にと始めたのが大きなきっかけの一つだ。家庭科の授業の経験を綴ったエッセイをインターネット上で公開した次の日だっただろうか。SNSの拡散機能というのは恐ろしいもので、例のエッセイは一晩のうちに何百万という予想を遥かに超えるほど多くの人の目に留まり、私のもとにはエッセイをご覧になった方からたくさんの感想が届いた。そうして文章なんか書いたこともない私をこの広いインターネットの海から見つけ出し、出版に至るまで伴走して下さったのが担当編集の大谷奈央さんである。あの高校に入り、先生と出会い、マミと結婚して大介を授かっていなければこのご縁は生まれなかったと思うと、つくづく人生は何が起こるかわからないと思い知らされる。

この卵の授業のエッセイが話題になったおかげで、家庭科の先生と10年ぶりに再会することができた。私の言葉が足りないばかりにネット上で「1週間も常温で持ち歩いた卵を生徒に食べさせるなんて信じられない」「この先生は結婚や出産の価値観を押しつけている」等、一部非難の声が先生に向いてしまったことに、公開してから約3年経つ今でも胸が痛む。先生の名誉のためにも、卵は調理の段階で新しいものと交換したこと、結婚は絶対ではなくシングルの選択肢も授業内で示されていたことをここに特筆しておく。確かにあの授業は疑似的な子育て体験を主としていたので、クラスメイトも私も先生から「絶対に結婚、子育てをするべき」という価値観を押しつけられた記憶は全くなかった。子育ての疑似体験を通して何を考えるかは全て私たちに委ねてくれており、そんな先生の信頼が嬉しかったというのが、実際に授業を経験し、大人になった今の私の素直な感想である。

さて、改めて自分の書いたエッセイを読み返し、幼少期を振り返ると「とんでもねえヤツだな」という感想が他人事《ひとごと》のように出てくる。思い込みが激しく、頑固で、大人の言うことをまるで聞かない、気難しい子ども。俗に言う悪い子。こんな子どもを持った親はさぞ骨が折れたろうに思う。しかし親の心子知らずという言葉がある一方で、親だって子どもの本当の気持ちなんかわかっちゃいないのだ。

親の意向に反発ばかりしていた自分ははたから見ればとんでもないヤツには違いないのだが、今の私はあの頃の自分に少なからず恩と敬意がある。自分の気持ちを押し殺して親の言うこと全てに従っていたら、絶対に今の私はいないからだ。幼少期を振り返ると辛い思い出ばかりが先に顔を出すが、この程度の傷で済んだのはあの時泣いてあばれて「嫌だ」という意思を表明してくれた自分のおかげだろう。

親が望んだような聡明で教養のある人間にはほど遠い仕上がりだが、私は怠け者で平凡な自分と、毎日にささやかな面白さを見出す今の暮らしに満足している。誰に褒められるわけでもない、褒めてもらうためでもない人生を生きたっていいではないか。心からそう思えるようになったのもオットや友達、先生方、そしてこうした思いを綴った私のエッセイを読んで、あたたかい気持ちを寄せてくださる読者のみなさまのおかげに他ならない。だから私はこれからも、自分の喜怒哀楽に耳を傾けながら、少しでも心躍るほうを目指して楽しく生きていける気がするのだ。

潮井エムコ

本書は、著者のｎｏｔｅに掲載されていたエッセイを大幅加筆・修正し、収録したものです。

「庭木のピアノ」「４月のママチャリロードレース」の２本は本書のための書き下ろしになります。

潮井エムコ（シオイ・エムコ）

1993年4月1日生まれ。2021年より、noteにてエッセイの執筆を開始。「つらいときほど尻を振れ」をモットーに、日々エッセイをしたためている。本作が初めての著書。
X（旧Twitter）@m_emko
note　https://note.com/mmmemko

置《お》かれた場所《ばしょ》であばれたい

2024年1月30日　第1刷発行

著　　者　潮井エムコ
発 行 者　宇都宮健太朗
発 行 所　朝日新聞出版
〒104－8011 東京都中央区築地5－3－2
電話 03－5541－8832（編集）
03－5540－7793（販売）

印刷製本　広研印刷株式会社

ISBN 978-4-02-251960-3
定価はカバーに表示してあります。
JASRAC 出 2309837-301
落丁・乱丁の場合は弊社業務部（電話03－5540－7800）へご連絡ください。
送料弊社負担にてお取り替えいたします。